KB194278

적어도 둘이라 좋아

이시경 · 마손

프롤로그

독립출판을 시작하며 직접 만든 물살로 나아가고 싶다는 패기 있는 소리를 하곤 했는데 시간이 조금 흐른 지금엔 정말 몰랐구나 싶습니다. 이곳에서 한 발짝이라도 나아가게 하는 힘은 한번 해 보자는 격려의 말, 낙담한 두 사람의 포개어진 그림자, 잠깐이지만 책을 사이에 두고 마음을 나누는 순간, 그런 것들이었으니까요. 무엇보다 책과 떼려야 뗄 수 없는 관계인 서점에 신세를 많이 졌습니다.

부산의 독립 서점 피스카인드홈도 빼놓을 수 없는 평온의 안식처였죠. 같은 지역에서 함께 나아가는 것만으로 힘이 되는데, 어느 날 피스카인드홈의 오랜 글쓰기 프로그램 <조금 적어도 좋아>의 호스트 자리를 제안해 주셨습니다. 함께 제안받은 마손 작가님과 저는 얼떨떨 했지만 글쓰기의 안내자가 된다니 설레는 마음이 일었어요.

SNS에 올라온 홍보물을 보고 주변 사람들도 응원과 격려의 말을 한마디씩 건네기 시작했죠. 그때부터 조금씩 불안해지기 시작한 것 같습니다.

'이거 모객이 안 되면 낭패겠는데.'

그렇게 첫 낭패를 맞이합니다. 말씀드렸듯 독립출판을 해나가는 힘 중 하나는 '낙담한 두 사람의 포개어진 그림자'입니다. 낙담도 같이하면 조금은 덜 쓰리거든요. 마손 작가님과 배춧잎처럼 마음을 포개었더니 꽤 효과가 있었습니다. 모객에 실패했으니 책방에도 죄송한 마음을 전했어요. 따스히 웃어주시며 다음번에 잘해 보자는 되려 용기를 주는 응답을 받았습니다.

이야기가 전개되려면 다음은 빛을 봐야 하는데, 이내 두 번째 모객 실패를 맞이합니다. 여전히 낙담하고 죄송스럽기도 했지만 실패 자체에 대해서는 이상하게 뻔뻔한 마음이 들었어요. 한치도 안 자랐구나 싶었는데 그 뻔뻔한 마음 뒤에 묘하게 조금 성장했다 싶은 생각을 했습니다.

그렇게 저희의 글쓰기 모임 모객은 작은 해프닝처럼 지나갔습니다. 아쉽지만 이미 지나간 일이었죠. 그러나 저의 슬기롭고 대담한 벗, 마손 작가님은 거기서 멈추지 않고 우리끼리 글쓰기를 해 보자고 제안합니다.

둘 다 고심해서 짠 6주의 글감도 있겠다, 무엇보다 일 벌이기 딱 좋은 1월이었거든요. 못할 이유가 없었습니다. 어느 추운 겨울날, 사이좋게 경양식 돈가스를 썰어 먹으며 저희의 6주간의 글쓰기 여정, <적어도 둘이라 좋아>가 시작됩니다.

<조금 적어도 좋아> 모객에 실패한 작가 둘이서 채워 나가는 <적어도 둘이라 좋아>. 마손 작가님이 지은 기가 막힌 이름인데, 해학적이고 따뜻하기까지 합니다.

저희와 6주간의 글쓰기 여정을 떠나기에 앞서 한 가지 제안할 것이 있습니다.

비록 글쓰기 모임을 신청한 적은 없으시지만, 저희의 글쓰기 크루가 되어 6주간 함께 써보는 것은 어떠신가요? 함께 써 보니 혼자 쓸 때보다 한 줄이라도 더 쓰게 하고, 내가 쉬어갈 때 뚜벅뚜벅 걸어가는 이가 있어 글쓰기의 리듬이 쉬이 꺼지지 않아요.

조금 긴 호흡으로 글쓰기를 해 보고 싶은 분, 쓰고 싶은 마음은 있지만 글감을 정하기 어려운 분, 낙담과 실패가 두려운 분, 작은 실패가 한 권의 책이 되는 과정을 읽어가고 싶은 분, 모두 환영입니다. 저희 두 사람의 글이 번갈아 가며 글쓰기의 메트로놈이 되어드릴게요.

물론 그저 함께 읽어 나가며 책 위로 그림자를 포개어 보는 것만으로도 기쁠 거예요.

감사합니다.

2025년 봄,
시경 그리고 마손 드림.

이 책은 2명의 호스트가 주차별로 제시한 글감 순서대로 6주간 진행됩니다.
같은 주제로 각각 쓴 글과 글 말미에는 서로의 감상 댓글이 달려 있어요.
그리고 두 작가의 글 다음에는 독자가 직접 적어볼 수 있는 노트가 있습니다.
작가의 글을 읽고, 함께 글을 쓰며 풍성하게 책을 즐겨보세요.

추신. 저희처럼 둘이서 함께 써 보는 방법도 있답니다.

목차

프롤로그 4p

🖊 호스트 시경

1주차 시작하는 이를 위한 행진곡
시경 10p
마손 14p

2주차 단숨에 마음을 이끄는 냄새
시경 22p
마손 26p

3주차 우리동네 반짝 가이드
시경 32p
마손 36p

4주차 그물에 걸려든 낱말
시경 46p
마손 50p

5주차 다정함이 무성히 자라나는 주간
시경 58p
마손 62p

🖊 호스트 마손

1주차 사랑하는 계절의 색
마손 68p
시경 72p

2주차 푸른 그리움, 붉은 기쁨, 노란 슬픔
마손 78p
시경 80p

3주차 매일의 사색 모음
마손 86p
시경 88p

4주차 무명 관찰기
마손 94p
시경 100p

5주차 사소한 결심의 결말
마손 106p
시경 110p

6주차 적어도 둘이라 좋아
시경 116p
마손 120p

에필로그 126p

이시경

작은 물살일지라도 누군가에게 가닿고 때로는 그 등을 밀어주길 바라는 마음을 담아 글을 쓰고, 책을 만듭니다. 삶의 여러 면에서 변화의 교차로를 지나고 있습니다.

<나의 아침엔 알람이 울리지 않는다>, <찰칵이는 시선> 등을 썼습니다.

1주차
시작하는 이를 위한 행진곡

출발선에 선, 나의 등을 밀어주는 음악에서 영감받아 글쓰기

시작하는 이를 위한 행진곡

이시경

가족이 가진 힘은 그들의 삶과 태도가 어느새 내 삶에 불쑥 들어온다는 것이다.

3년 전에 가정을 이룬 내게도 적지 않은 것이 흘러 들어왔다. 어떤 것은 얼굴을 붉혀서라도 받아들이지 않았고, 어떤 것은 원래 그 자리에 있었던 듯 얼굴색 하나 변치 않고 내 삶의 일부가 되었다.

클래식을 좋아하는 배우자 덕에 매해 신년 음악회에 가는 것도 어느새 3년째인데 올해가 돼서야 자각했으니 후자에 해당하겠다. 상상도 할 수 없던 일이 이제는 나에게도 없으면 허전한 연례행사가 됐다.

2025년 1월 1일, 영화관에서 생중계하는 빈 필하모닉 신년 음악회를 보러 갔다. 상영관을 찾아 자리에 앉으니 스크린 속 관객들도 자리를 찾아 앉고 있었다. 저

곳 오스트리아 빈은 오전 11시. 새해로 넘어간 지 얼마 되지 않아서인지 관객들은 들꽃처럼 싱그럽기 그지없었다. 이곳은 해가 진작 넘어간 저녁 7시, 상영관 안은 비교적 차분한 분위기였다.

드디어 공연의 막이 올랐고, 겨우 몇 곡이 끝났을 뿐인데 나는 큰일 났다는 것을 직감했다. 클래식 연주회에서 꾸벅꾸벅 조는 것이 특기인 내게 어두운 영화관은 최적의 환경이었던 것이다. 꼿꼿한 자세로 관람 중인 사람들 틈에서 엇박자로 고개를 떨구다가 다행히 잠이 확 달아나는 순간이 찾아왔다. 스크린에 비친 어떤 장면들 덕분이었다.

고운 전통복처럼 가장 의미 있고 아끼는 옷을 입고 온 다양한 국적의 청중들, 연주하고 있는 것이 정말 행복해 보이는 젊은 연주자, 수없이 저 자리에 섰다는 백발 지휘자의 청년처럼 경쾌한 몸짓. 그런 빛나는 것들이 나를 자꾸만 흔들어 깨웠다.

고조되던 연주회는 어느새 막바지에 다다랐고 마지막 곡은 에드워드 엘가의 '위풍당당 행진곡'이었다. 신년 음악회를 따라다니며 알게 된 것인데 신년 음악회 앙코르곡은 대부분 '위풍당당 행진곡'이다. 언제 누가 정해둔 것인지는 몰라도 앞으로 100년은 거뜬히 그 자리를 지킬 것처럼 제목도, 음악도 한 해를 여는 곡으로 더없이 알맞다.

지휘자의 노련한 지휘에 맞춰 관중들이 한마음 한뜻으로 손뼉을 치다 보면 그 순간만은 한 해를 잘 살아갈 수 있을 듯한 기분이 든다. 이 행진곡이 지닌 힘은 곡 자체의 웅장함에서도 오지만 오랜 시간 함께 들어온 음악에는 보이지 않는 힘이 서려 있다고 믿는다. 심지어 함께 손뼉 쳐온 곡일 테니 그 힘이 보통 힘일 리 없다. 같은 마음으로 부른 노래, 함께 손뼉 치던 그 힘이 우리의 2025년을 이끌어가기를 소망했다.

스크린 속의 경쾌한 박수 소리는 어느새 스크린 밖의 관객석으로 번져 나갔고 이곳은 경계 없는 하나의 커다란 연주회장이 되어 있었다.

마손Maason

시경님의 글을 읽으니, 마치 알 수 없는 위풍당당한 음악이 귓가에 들려오는 것 같아요. 이 제목을 두고 한참을 고민하는 와중에 나도 이렇게 멋진 음악을 전할 수 있을까 살짝 염려되지만, 글을 읽으며 느낀 것은 음악이 사람에게 전하는 영향력에 대한 글인가 했는데 사람이 사람에게 전하는 영향력 같기도 합니다.
시경님의 새로운 취향과 습관이 참 아름답습니다! 저도 닮고 싶어요!

시작하는 이를 위한 행진곡

마손

새해에 듣는 첫 노래가 그 한 해의 운을 결정한다는 우스갯말이 있다. 그래서인지 어떤 이들은 연말부터 새해에 들을 노래를 신중하게 고르기도 한다. 새해 첫 노래를 잘 들어볼까 의미를 고심하며 골랐던 적도 있었지만, 지금은 큰 의미를 두지 않는다. 그간 새해를 많이 지나와서 무감한 건지, 나이를 먹을수록 무던해진 건지 몰라도 말이다.

올해도 처음 들었던 노래가 무엇이었는지 기억나지 않는다. 그저 작년과 변함없는 플레이리스트를 돌려가며 들었을 것이다. 장르의 구분 없이 듣고 좋았던 곡을 모조리 넣어둔 플레이리스트니, 어떤 곡을 들었든 간에 기분은 좋았을 것이다.

이 글을 쓰기에 앞서 나는 찬찬히 나의 플레이리스트를 훑었다. 그간 반짝거리는 음악을 부지런히도 모았

지만, 새해나 새롭게 시작하는 이에게 추천을 해주기
엔 무언가 조금씩 아쉽다. 그렇다고 새로운 노래를 찾
아 선보이기에는 나는 음악이나 노래 같은 것에 해박
하지 않았다. 굉장히 깊은 고민에 빠졌다.

　의미 없이 훑던 플레이리스트에서 문득 Laufey(레이
베이)의 노래 'From the start'가 눈에 띄었다. 그래,
제목부터 '시작부터'라니 이 곡이다 싶었다. 보사노바
풍의 신나는 분위기가 행진곡 언저리까지 갈 수 있을
것 같았다. 가사만 완벽하면 됐다. 한 번도 가사를 집
중해서 본 적이 없었는데, 알고 보니 이 곡은 짝사랑
에 관한 곡으로 '처음부터' 너를 좋아하고 있다는 가사
였다. 뭔가 난관에 빠진 듯한 기분이 들었다. 그런 기
분과 별개로 노래는 참 좋았다. 이왕 이렇게 된 거 하
루 종일 레이베이의 음악을 들었다. 'Like the movies',
'Questions for the universe' 등 많은 곡이 시작하는 이
를 위한 곡의 후보로 올랐다가 내려갔다. 물론 플레이
리스트에는 새로운 레이베이의 곡들이 차곡차곡 쌓이
고 있었다. 그렇게 약간의 업데이트가 된 플레이리스
트를 다시금 훑었다.

　작년 한 곡 재생으로 한 달 동안 들었던 노래가 눈에
들어왔다. 그래, 이거다.

보통 새해가 되면 많은 것들을 계획하고 새로운 의지를 다잡곤 했는데, 올해의 시작은 유독 아무것도 할 수 없었다. 작년 연말의 어두움이 너무 짙어서 새해가 밝았다는 것을 느낄 새가 없었다.

누군가는 빼곡히 새해의 첫 시작을 채우며 빛나는 의지를 다지고 있을 테지만, 누군가는 나처럼 언제 새로운 해가 시작되었나 싶은 사람도 있을 테다. 시작하는지 모르고 시작된 사람, 무언가 시작하기 두렵거나 무의미하다 느껴지는 사람, 거창한 계획이 없이 새해도 그저 보통의 하루인 사람, 그 사람들을 위한 행진곡을 찾았다. 조금 천천히 가도 다정하게 행진을 도울 그런 곡 말이다.

재쓰비의 '너와의 모든 지금', 아무것도 아닌 건 아무것도 없다고 말하는 노래가 어쩌면 시작하는 이들에게 용기를 줄 수 있지 않을까?

피할 수 없는 날이면 하루쯤은 그냥 구겨 던져 버리라고 말하는 노래 가사는 이미 3주 치를 구겨 던져 버렸다면 어떻게 하지 하는 나에게 온몸으로 막아도 내일은 오니 그냥 스스로를 믿으라고 말한다.

원래 기운은 주위에 전염되기 마련이다. 재쓰비 세 사람의 긍정, 밝음의 기운은 음악을 통해, 목소리를 통해 옅지만 분명하게 전해졌다. 음악을 듣는 동안 전염된 그 기운으로 덩달아 나도 에너지가 오른다.

 안 되면 그냥 웃어버리고 또 하면 된다.

 듣다 보니 어깨가 들썩이고 고개가 까딱거려진다. 몸이 움직이는 걸 보니 행진곡으로 손색이 없다.

시경 이시경

마손님의 '시작하는 이를 위한 행진곡'을 하루의 끝에 들었어요. 계속 들을 수 있을 것처럼 편안하고 발랄하게 흘러가는 레이 베이의 노래를 들으며 흘러가는 감각에 대해 생각했어요. 시작한다고 외치는 행진곡도 좋지만 편안한 행진곡은 언제 달력이 넘어갔는지 몰라도 흘러가고 있는 일상의 행진에 잘 어울리는 것 같아요. 멈춰있는 듯해도, 더디더라도 분명 흘러가고 있으니까요.
이어서 마손DJ의 곡 선정이 빛나는데요. 분위기를 바꿔서 재쓰비의 '너와의 모든 지금'이 흘러나옵니다. 즐거운 마음으로 듣다가 아무것도 아닌 것은 없다고 밝게 위로해 주는 친구의 목소리 같아서 뜻밖의 위로를 받았어요. 마손님이 잘 들어온 이유를 알 것 같아요.

두 곡을 들으며 하루하루를, 한 해를 묵묵히 행진해 온 이들을 위한 따뜻한 위로를 느꼈어요. 앞으로 나아가는 것도 중요하지만 충분히 위로하고 위로 받아야 더 힘차게 나아갈 수 있다는 생각이 듭니다.
덕분에 하루를 잘 마무리해요.
마손님도 오늘 하루를 따스하게 마무리하길 바라요.

✏️ ✚ 시작하는 이를 위한 행진곡

출발선에 선, 나의 등을 밀어주는 음악에서 영감받아 글쓰기

_____

_____

_____

_____

_____

_____

_____

_____

_____

_____

_____

_____

_____

_____

_____

_____

2주차
단숨에 마음을 이끄는 냄새

강렬한 후각적 감각으로부터 시작되는 글쓰기

단숨에 마음을 이끄는 냄새

이시경

처음 아르바이트를 한 곳은 열아홉 수능을 치르고 달려간 동네 빵집이었다. 그때만 해도 그곳이 유일했는데 지금은 지점이 더 생긴 맛 좋은 빵집이다. 단순히 집에서 가까운 곳을 따져 간 곳이었지만 맛까지 좋은 빵집이라니 운이 좋았다.

이른 아침 출근해 낮에 퇴근하는 짧은 일정이었지만 그때가 빵집이 가장 바쁘게 돌아가는 시간이었다. 아직 겨울이라 막 동이 튼 시간에 발걸음을 재촉해 빵집 근처에 다다르면 온 동네에 빵 냄새가 폴폴 난다. 제빵사들이 동도 트지 않은 새벽부터 나와 빵을 굽고 있기 때문이다. 내가 출근하고 얼마 지나지 않아 퇴근하는 그들은 나보다 한참 언니, 오빠처럼 보였는데 지금 생각해 보니 그래봐야 20대 초중반의 청년들이었던 것 같다.

제빵사들이 열심히 구워둔 빵을 정성스레 빵 봉투에 담는 것이 나의 첫 임무였다. 빵 굽는 냄새가 진동하는 공간에 늘 라디오가 틀어져 있었고 바스락바스락 소리만 내며 바지런히 빵을 담았다. 그렇게 담은 빵을 매장으로 날라서 보기 좋게 진열한다.

오픈 시간이 임박하면 문 앞의 테라스 비질을 마치고 손자국이 난 유리문도 깨끗하게 닦는다. 그로써 모든 오픈 준비가 끝이다. 이른 시간에 손님이 올까 싶지만 생각보다 많은 이들이 아침 일찍 빵집을 찾는다.

오전에 가장 많이 나가는 빵은 바로 식빵. 따끈따끈한 식빵을 가져오면 잘라드릴지 여쭤보고 절단기에 넣어 균일하게 잘려져 나온 식빵을 포장해 드리면 된다. 빵 봉투에 뿌옇게 서리는 김을 보면 괜스레 기분이 좋다. 손님은 아마도 집으로 가서 따끈한 빵 위에 잼을 바르거나 아무것도 바르지 않은 담백한 식빵을 먹으며 아침을 시작할 것이다. 신선한 우유나 커피를 곁들이기도 하겠지.

정오가 가까워져 오면 샌드위치나 속이 알찬 빵이 인기다. 점심시간에 끼니를 대신하거나 간식이 될 빵을 찾는다. 계산대 옆에 놓인 '못난이빵'은 만만한 가격이었는데 계산 중에 "이것도 하나 주세요."하는 분들이 많았다. 이름은 못난이였지만 실제로는 사랑받는 빵이었다.

간혹 케이크 진열장 앞을 서성이는 손님을 발견하면 한달음에 출동해야 한다. 나의 임무는 추천 케이크를 파는 일. 빵집에서 가장 인기 많은 케이크를 추천해 드리기도 하지만 원활한 재고 순환을 위해 오늘 팔아야 하는 케이크를 은근히 추천해 드리기도 한다. 물론 그렇게 추천해도 팔리지 않은 진짜 '못난이' 케이크는 칼같이 폐기된다. 보기엔 멀쩡한 케이크가 폐기되는 것을 볼 때면 조금 슬펐지만 지켜져야 하는 기본을 지키며 운영하는 빵집이었다.

빵 중에서도 케이크를 팔 때는 유독 기분이 좋았다. 케이크를 사 가는 사람들은 대부분 축하할 일이 있기에 나에게도 그들의 설렘이 전해져 온다. "초는 몇 개 필요하세요?"하고 물으면 돌아오는 숫자에 축하받을 사람을 상상하는 일도 즐겁다.

다른 이유가 하나 더 있는데 이건 사심이 조금 섞여 있다. 케이크가 판매되고 나면 재고를 채워야 해서 한 층 위로 올라가 팔린 종류의 케이크를 가져와야 한다. 냉장실에는 케이크와 함께 수제 초콜릿도 보관하고 있었는데 처음 일을 배울 때 사수가 힘들면 초콜릿을 하나씩 먹어도 된다고 허락해 주었다. 나의 사수는 아마 몰랐을 것이다. 내가 그 층에 올라갈 때마다 매번 힘들었다는 사실을. 그때 하나씩 쏙쏙 빼먹었던 초콜릿이 얼마나 달았는지 모른다.

길을 걷다가 가끔 훅 끼쳐오는 빵 굽는 냄새는 나를 그 시절로 데려다 놓는다. 스무 살 겨울 아침, 차가운 공기를 뚫고 출근하면 나를 반겨주던 그 냄새. 처음으로 노동의 값어치를 알게 해주었던 공간, 세상에 첫걸음을 내딛는 이에게 건넨 초콜릿 한 알에 담긴 따스함, 평범한 일상이 시작되던 평화로운 빵집의 아침. 그 모든 것이 빵 굽는 냄새 속에 가득 서려 있다.

마손Maason

맛이 좋은 빵집이라니, 알바생에겐 난이도 높은 손님 많은 빵집이 아니었을까 하는데요. 운이 좋았다고 말하는 19살의 시경님이 그려져서 귀여워요.
무엇이든 처음 기억이 오래가는데, 빵 냄새와 함께 첫 아르바이트를 시작해서 19살의 겨울, 그 풋내나던 시절의 기억이 빵 냄새로 따끈하게 기억될 수 있다는 점이 참 부러워요. 포근하고 달콤하고 고소할 것 같아요.
무엇보다 빵 냄새 가득한 글을 읽으니 배가 고파집니다.
어떻게 글에서 빵 냄새가 나죠? 따끈한 온기도 함께 느껴지는 글이네요.

단숨에 마음을 이끄는 냄새

마손

그 애는 키가 컸다.

사람들하고 서 있을 때면 혼자 머리통이 비죽 튀어나와 있었다. 시선을 가릴 게 없어서인지 멀찍이 떨어져 있던 나를 발견하고 먼저 손을 흔들어 준 것도 그 애였다. 그러니 그 애에게 내 시선이 더 머무른 것은 당연한 일이었다.

그 애는 목소리가 좋았다.

그 애는 가끔 수업이 빈틈에 동아리 방에서 기타를 치며 노래를 흥얼거렸다. 목소리가 좋으니, 노랫소리도 좋은 것은 당연한 일이었다. 노랫소리가 좋으니 자꾸만 듣고 싶었고 그 애와 내 수업의 빈틈이 겹치길 바라는 것도 당연한 일이었다.

그 애는 좋은 냄새가 났다.

그 애의 옆자리에 앉아 있을 때, 그 애가 내 쪽에 있는 책을 가져간다며 내게 쑥 다가왔다. 그 애의 냄새가 내 공간을 훅 침범했다. 그 애는 제자리로 돌아갔는데 그 냄새가 자꾸 코끝을 맴돌았다.

머릿속이 어지러웠다. 평정심을 잃은 이 심장박동수는 분명 코끝에 달린 좋은 냄새를 알고자 하는 강력한 호기심일 것이다. 머릿속이 정리되기도 전에 그 애의 어깨에 내 코가 닿았다.
늘 여유롭던 그 애는 내 행동에 퍽 당황해 보였다.
지극히 충동적인 당연하지 않은 일이었다.

"...좋은 냄새가 나서..."

냄새가 이끈 마음 끝에는 그 애를 좋아하는 마음이 있었다.

그 애가 좋아서 그 냄새가 좋았던 건지, 그 냄새가 좋아서 그 애가 좋아진 건지 그때도, 오랜 시간이 흐른 뒤에도 답을 내릴 수 없었다.
다만 그때 냄새를 떠올리려고 애쓰면 온통 그 애에게 이끌린 나의 마음만이 떠올랐다.

이시경

앗. 이건 K.O인데요. '좋은 냄새'라고 했을 때 기분 좋은 섬유유연제 향을 떠올렸
는데 그런 향이었을까요. 어떤 향기였을지 저도 너무 궁금해집니다.
그거 아시나요. 마손님에게서도 늘 좋은 향기가 난다는 것을. 향수의 냄새일 수
도 있겠지만 그 사람에게서 풍기는 특유의 은은한 분위기가 더해져 더 향기로운
사람으로 느껴지는 것 같아요. 저도 향기로운 사람이 정말 좋아요.

✏️ ✚ 단숨에 마음을 이끄는 냄새

강렬한 후각적 감각으로부터 시작되는 글쓰기

3주차
우리동네 반짝 가이드

우리 동네, 나를 둘러싼 세계를 반짝이는 눈으로 탐험하며 글쓰기

우리동네 반짝 가이드

이시경

'귀소본능은 친숙하지 않은 장소를 통해 원래의 장소를 향해 되돌아올 수 있는 동물의 태생적 성질이다.'*

원래의 장소로 돌아가려 하는 성질인 것은 알았지만 '친숙하지 않은 장소를 통해'라는 말이 내 마음과 딱 떨어진다. 지금 사는 동네에 4년 가까이 살았으니 가이드를 척척 해낼 때도 됐는데 이 글감을 만나고 다시금 깨달았다. 여전히 이 동네에 깊이 정을 주지 못하고 있다는 것을. 명색이 '반짝' 가이드인지라 이렇게 반짝이지 않는 마음으로는 내키지 않는다. 오히려 예상치 못한 귀소본능이 반짝이는 관계로 오랜 동네지만 마음속에 생생하게 남은 나의 동네를 이야기하고 싶다. 나의 '명륜동'에 대하여.

오래된 주택과 빌라가 많았던 나의 동네, 명륜동.

---

* 출처: 위키백과

아이부터 어르신까지 다양한 연령대의 사람들이 오가던 동네였다. 동네 어른들이 가벼운 주머니로 와서 한잔하시기 좋았던 막걸릿집과 원장님 손끝이 야무졌던 우리 엄마 단골 미용실, 창문 틈새로 아이들 목소리가 쩌렁쩌렁 울리던 태권도장이 있었다. 주말 아침이면 온 동네 사람들이 목욕탕에 모여들곤 했는데 목욕탕 굴뚝에서 올라오는 연기만큼이나 골목마다 사람 사는 냄새로 가득했다.

큰길로 차가 왕왕 다니기는 했지만 집 앞까지 차가 따라올 정도는 아니었고, 귀를 긁고 지나가는 오토바이 소리도 잘 들리지 않아 특유의 고즈넉함이 있었다. 고양이에게도 고즈넉했는지 낮이고 밤이고 길고양이들과 자주 마주치곤 했다.

아, 집 앞 영화관을 빼놓을 수 없다. 영화관 타는 속도 모르고 텅 빈 관의 조조영화를 무척이나 좋아했다.

그리고 명륜동에는 걸어도 걸어도 좋았던, 나의 온천천이 있었다.

명륜동을 떠나게 된 이유는 아이러니하게도 내가 가장 좋아한 온천천 때문이었다. 하늘이 뚫린 듯 비가 내리던 날 온천천이 넘쳐 우리 집 현관을 넘었다. 집은 쉬이 마르지 못해 떠나야 했고 금세 말라버릴 것 같던 명륜동을 향한 애정은 아무리 시간이 흘러도 마르지 않았다. 오히려 향수가 더해져 비가 억수로 내리는 온천천 같은 마음이 될 때가 있다.

물론 지금의 명륜동은 그 시절의 명륜동과 다르고 아파트가 군데군데 들어서서 이전의 모습이 많이 사라졌다는 것을 안다. 어떤 얄궂은 그리움은 그 대상이 흐려질수록 더 또렷해지기도 하나보다.

내 안의 명륜동은 해 질 녘 느리게 흘러가는 온천천의 윤슬을 닮았다. 멈추지 않고 흐르며 언제나 작고 은은하게 반짝인다.

우리동네 반짝 가이드

마손

호주 NSW주 시드니에서 서쪽으로 약 15km 정도 떨어져 위치한 홈부시는 시드니에서 가장 오래 살았던 동네다. 쭉 한 곳에서 산 것은 아니고, 이사도 가봤지만 결국 다시 돌아간 동네이기도 하다.

이름부터가 Home 집과 Bush 숲, 덤불로 숲속의 집 같은 느낌이 들어 주관적인 애정이 가득한 곳이다. 내가 살았던 곳은 홈부시에서도 주거 밀집 지역이었다. 우리 집은 뒤뜰에서 옆집 뒤뜰을 볼 수 있는 다닥다닥 연속된 타운하우스였다. 단조로운 타운하우스를 벗어나면 심즈* 욕구를 자극하는 마당 꾸미기의 향연을 볼 수 있는 단독주택들이 이어졌다. 집에서 트레인을 타러 가기까지 도보로 20분 정도 걸리는데, 가는 길 동안 여러 마당을 구경하는 재미가 있다.

그럼, 홈부시 매력 포인트 몇 가지를 소개한다.

---

* 가상의 인물과 공간을 설계하거나 꾸밀 수 있는 생활 시뮬레이션 게임

❖ 집에서 도보 10분 정도 거리에 큰 아울렛*이 있다. DFO아울렛으로 호주 전역에 있는 대형 쇼핑몰인데 왜 홈부시에 이런 큰 아울렛이 있나 의문이 들기도 했지만, 블랙프라이데이나 박싱데이 등 가까운 곳에서 득템할 수 있는 이점을 누렸으니, 의문은 덮기로 했다. 아마 거주민이 아닌 사람들이 홈부시를 방문하는 큰 이유 중 하나가 아울렛이 아닐까 한다. 조사해 보니 홈부시의 DFO가 규모가 제일 크다고 한다. 이런 것이 있을만한 곳이 아닌데, 정말 의외의 점이다.

❖ 홈부시에는 시드니 올림픽 공원도 있다. DFO 아울렛에서 조금 더 가면 공원의 초입이 나타난다. 시드니 올림픽 공원과 각종 다양한 이름의 공원들이 경계가 뚜렷하지 않고 한데 있어서 실제 시드니 올림픽 공원은 버스를 타고 갈 만큼 거리가 있긴 해도 같은 홈부시다. 이렇게 치면 동네치고 꽤 반경이 넓은 것 같지만, 일상의 동선 안에 있는 곳으로 퇴근길에 종종 시드니 올림픽 공원 역 근처에 있는 도미노 피자집에서 5불짜리 피자 한 판을 사서 벤치에 앉아 먹으며 노닥거리곤 했다. (물론 1인 1 피자다.)
특별히 이곳은 매년 4월마다 부활절을 기념해 Sydney Royal Easter Show가 열리는 곳이니 그때를 노려 방문

---

* Outlet의 맞는 표기는 아웃렛이지만, 익숙한 느낌을 살리기 위해 아울렛으로 표기했다.

해 보면 좋을 것 같다. 시드니에서도 큰 행사니까!

❖ 한국인으로 느낀 홈부시의 매력은 시드니에서 큰 한인타운인 스트라스필드가 옆에 있다는 점이다. 도보 35분 정도, 트레인으로 한 정거장 거리다. 스트라스필드를 중심으로 주변에 소소하게 한국인이 많이 거주해서 한국인의 편의시설들이 가까운 점이 큰 장점이다. 게다가 꼭 스트라스필드에 가지 않아도 집에서 도보로 20분만 걸으면 Ko-mart라는 한인 마트가 있다. 코 마트 옆에는 알디라는 일반 마트도 있고, 마트 주변으로 작은 레스토랑들이 모여 있어서 외식하기도 좋다.

❖ 홈부시에는 마당냥이들이 많다.
전원주택의 영향이라 그런지 몰라도 집 주변에서 목걸이를 한 채 자유롭게 다니는 고양이들을 많이 만날 수 있었다.
시드니살이 끝무렵에는 걸어서 출퇴근을 했는데, 어느 날부터인가 새끼 고양이 서너 마리를 길목에서 발견하고 고양이 사료를 사서 밥을 주기 시작했다. 그렇게 매일 일과처럼 밥을 주는데 어느 날 담벼락 위로 콧수염을 가진 아저씨가 쑥 나타났다. 밥을 줘도 되는 건지 몰라서 당황한 나에게 아저씨는 고양이들이 너무 귀엽지 않냐며 수줍게 웃었다. 짧은 이야기 끝에 알게 된 것은 이 고양이들이 아저씨네 고양이가 낳은 새끼들인데, 또 새끼들은 아저씨의 소유는 아니지만 아저씨가 돌본다는 그런 사연이었다. 사실 이해는 잘되지 않았지만, 그 후로도 나는 계속해서 시드니를 떠날 때까지 그 고양이들에게 특식을 제공했고, 그중 나를 가장 잘 따르는 하나를 홈부시라고 부르며 돌봤다. 그리고 가끔은 콧수염 아저씨와 눈인사를 나누기도 했다.

홈부시에는 이렇게 다정한 고양이들이 있다.

다정한 이웃 콧수염 아저씨도 있고.

❖ 홈부시에서 지내면서 늦게 알아서 아쉬운 곳이 있다면 플레밍턴 마켓이다.

플레밍턴 마켓은 과일, 채소, 육류 등 다양한 농수산물 등을 파는데, 저렴하게 식자재 구입이 가능하고 시장 구경이니 일단 재미는 갖고 간다. 다양한 마켓이 플레밍턴이라는 이름으로 묶여 한데서 열린다.

특히 시드니 플라워마켓이 유명한데, 시드니에서 가장 크고 유명한 꽃 시장으로 이런 곳이 주변에 있는 줄 모르고 살다가 꽃을 좋아하는 친구의 추천으로 알게 됐다. 플레밍턴 마켓의 대부분 마켓은 오전 11시에 문을 닫기 때문에 아침 일찍 가면 좋지만, 굳이 오픈런이 아니어도 괜찮다. 애매한 시간에 도착하면 오히려 마감 에누리로 한아름 꽃을 살 수 있다. 그렇게 한 번 다녀 오면 한동안 집안 곳곳에 꽃내음이 끊이질 않는다.

❖ 홈부시 역으로 트레인을 타러 가는 길에 코알라와 아기 천사가 그려진 새장처럼 생긴 작은 책장이 있었 다. 안에 빼곡히 책이 담겨 일종의 다정하고 귀여운 길 거리 도서관이었다. 홈부시 내 봉사단체에서 만들어 둔 것인데, 이 도서관을 발견한 순간은 홈부시에 살길 잘했다는 생각이 단박에 들 정도로 사랑스러웠다.
내 기준 홈부시에서 놓치지 말아야 할 포인트다.

홈부시는 잘 가꿔지고 아기자기한 동네는 아니지만, 사람 사는 맛이 느껴지는 곳이다. 이렇게 정리하고 보 니 새삼 볼거리, 즐길 거리도 많다.
아, 그렇다고 시드니 여행 중 꼭 와야 하는 곳은 아니 다. 시드니에는 더 좋은 곳이 많고 많다. 그래서 굳이 여행하며 방문하길 추천하지는 않지만, 혹시나 시드니 에서 길게 머문다면 한 번쯤 살아보는 것은 추천한다.

시경 이시경

지금 당장 홈부시로 떠나고픈 마음이 불쑥 올라옵니다. 홈부시에 가면 마손 가이드님을 만날 수 있나요? 가이드님이랑 다니면 좀 더 재밌을 것 같은데.

홈부시에서 보낸 시간과 함께했던 존재에 대한 애정이 잔잔하게 느껴져요. 콧수염 아저씨는 여전히 고양이 밥을 챙겨주고 계실까요. 저는 단 한 번도 지낸 적 없는 동네인데 마음에 내적 친밀감이 쌓였어요.
저에게는 호주=마손님의 나라(?)라서 언젠가 호주에 갈 수 있다면 '마손 코스'를 밟아보고 싶네요. 그때는 무난 인간이지만 귀여운 수영복이 많은 마손님 따라 귀여운 수영복도 하나 챙기려고요.

🖍️ + 우리동네 반짝 가이드

우리 동네, 나를 둘러싼 세계를 반짝이는 눈으로 탐험하며 글쓰기

4주차
그물에 걸려든 낱말

잠에서 깨어나자마자 밤새 그물에 걸려든 상념을 모아 글쓰기

그물에 걸려든 낱말

이시경

나에게는 세 가지 노트가 있다.

먼저 부랴부랴 나갈 준비를 할 때도 웬만하면 잊지 않고 챙기는 작은 노트. 덥석 집어 쏙 넣기 좋게 작고 얇은 것이 특징이다. 작은 핸드백을 들든 넉넉한 가방을 메든 들고 나가는 부담이 노트의 무게와 비례한다. 꺼내지도 않고 고대로 들고 오는 날이 부지기수지만 급히 써야 하는 순간이나 강렬히 쓰고 싶은 순간에 그 효과를 톡톡히 발한다.

두 번째 노트는 무거운 것을 싫어하는 내 어깨의 의견은 반영되지 않았다. 크기는 손바닥보다 조금 커도 두께는 1년은 거뜬히 쓸 수 있을 정도로 제법 두툼하다. 이 노트는 첫 번째 노트처럼 잦은 외출을 하진 못하지만 때때로 가방에 넣어진다. 무언가를 기록하는 목적

은 비슷한데 전 것은 메모나 짧은 기록을 위함이라면
이 노트에는 조금 더 오래 보관될 글과 기록이 쓰인다.
이상한 건 작정하고 쓰고픈 날엔 꼭 챙겨 나갔다가 노
트의 무게만 실컷 느끼다 돌아온다.

세 번째 노트는 지금 쓰이고 있는 이 '아침 노트'다.
오로지 아침에 일어나 글을 쓸 때만 펼친다. 앞의 노트
들과 달리 외출은 하지 않기에 크기나 무게를 구애받
지 않는다. 면적이 넉넉해 잠이 덜 깬 채 큰 글씨로 휘
갈겨 써도 열다섯 줄은 거뜬히 써 내려갈 수 있다.
　짝지는 연필이다. 이 노트의 모든 글은 연필로만 썼
는데, 처음 쓰기 시작할 때 연필 쓰는 매력에 빠졌을
때였다. 쓰다 보니 고요한 아침에 노트의 표면을 살살
긁는 소리가 듣기 좋아 꾸준히 쓰고 있다. 연필심이 너
무 무뎌져 소리가 잘 들리지 않으면 연필깎이를 꺼낸
다. 어제 잘 깎아둔 덕에 오늘은 제법 선명한 소리를
듣는다.

그 소리와 함께 들을 수 있는 것은 마음이 조심스레
꺼내놓는 낱말과 언어들. 아직 동이 채 트지 않은 어슴
푸레하고 조용한 아침, 마음은 내가 미처 듣지 못한 소
리를 작지만 또렷하게 내어놓는다. 마음과 노트 사이

에는 사각사각 소리만 날 뿐이다.

어느새 동이 트기 시작하고 창밖의 건물 외벽에 아침
볕이 물들 듯 노트에도 어떤 마음이 물들어 있다.

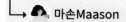

마손Maason

이 글감에 대해 이야기하며 아침 노트에 대한 애정으로 눈이 반짝이던 시경님이
기억납니다.
세 노트를 가지고서 순간을 놓치지 않고 수집하는 시경님을 보니 역시 이 정도로
그물이 촘촘해야 낱말을 많이 건지는구나 생각이 드네요. 연필을 깎으며 마음을
정돈하고, 정돈된 마음을 또 연필 끝으로 흘려내고, 흘려보낸 마음을 다시 눈으
로 바라보는 과정을 통해 시경님의 하루하루가 쌓이고 있겠죠?
언제 한 번 세 가지 노트 실사를 볼 수 있을까요?

그물에 걸려든 낱말

마손

고양이는 귀엽다. 고양이와 함께 살기 전부터 귀엽다는 것은 알았지만, 함께 살면서 발견하게 된 귀여움은 상상 초월이었다. 집에 있으면 입에서 귀엽다는 말이 마르지 않고 나오게 된다.

나는 찐이와 코코, 두 마리의 고양이와 엄마, 총 넷이서 함께 살고 있다. 찐이와 코코는 성격이 전혀 다르고, 생김새도 아예 다르다. 둘 다 길냥이 출신이라는 공통점 말고는 같은 것이 없었다.

찐이는 나의 첫사랑 고양이로, 전형적인 코숏과는 조금 다르게 생겼다. 삼색이고, 일단 털이 길어 복슬복슬하다. 코리안 롱헤어다. 찐이는 객관적으로 봐도 참 예쁘게 생겼다.

코코는 늘씬한 까만 고양이인데, 자세히 살펴보면 까만 털 속에서도 줄무늬가 보인다. 알고 보면 진한 고등

어라 할 수 있다. (회색 줄무늬 고양이를 흔히 고등어라 부른다)

찐이가 4살 무렵에 코코가 왔으니, 둘의 나이 차는 적지 않았지만, 찐이가 아기(당시) 고양이 코코를 잘 돌봐줄 거라고는 생각하지 않았다. 찐이는 원체 예민하고 경계심이 많은 고양이니까. 역시 그랬다.

둘이 한 지붕 아래 산 지도 6개월이 지났지만, 찐이는 여전히 코코에게 하악질을 하며 경계한다. 그래서 코코는 옷방에 분리되어 있는데, 방묘문을 설치해서 마치 감옥에 갇힌 고양이처럼 보이곤 한다. 종종 거실로 석방해 찐이와 마주치게도 해보고, 콧바람도 쐬게 해주지만 금방 다시 가둬야 한다. 찐이랑 별개로 코코는 모든 물건을 떨어트리고, 갖고 노는 등 극악의 육묘 난이도 캣초딩이기 때문이다.

코코 이야기를 좀 더 해보자면, 코코는 어릴 때 눈이 아팠고, 뼈만 보일 정도로 말랐었기에 그런지 눈이 돌출되어 있다. 그 영향으로 항상 눈곱을 달고 산다. 세수를 꽤 열심히 하는 편인데도.

그렇게 돌출된 눈은 사백안으로, 항상 돌아있다.

코코는 아무거나 가리는 것 없이 다 잘 먹는다. 몸이 여전히 마르고 길쭉해서 원하는 대로 많이 먹이려고 한다. 특히 찐이가 먹다 남긴 것은 다 코코 몫이다. 코코는 먹을 것을 가리지 않는다.

코코는 점프력이 굉장하다. 아마 마음만 먹으면 방묘문을 이미 뛰어넘었을 것이다. 장난을 칠 때 방묘문 높이로 뛰어오르는 걸 봤는데, 정작 자신은 자신의 잠재력을 모르고 있다. 다행이다.

윤기가 차르르한 검은 털, 근육질의 탄력 있는 몸매, 돌아있는 호박색 눈, 매력적인 포식자의 외형을 가지고 있지만, 코코는 멍청이다. 아마 찐이가 유난히 똑똑해서, 비교군이 있기 때문에 생긴 특징이기도 한데, 코코는 바보가 맞다. 무던하고, 단순하고, 활력이 넘치는 고양이다.

코코는 수집을 좋아한다. 이가 얇고 뾰족하고, 치악력이 세서 그런지 물건을 잘 물고 나른다. 특히 인형을 좋아해서 집에 굴러다니는 모든 인형을 제 방에 물어다 놓았다. 게다가 거실 슬리퍼도 물고 가고, 엄마의 밀짚모자도 물고 가고, 내 운동화까지 물어다 제 방에 가져다 놓았다. 컬렉션의 기준은 알 수 없지만, 제 맘에 드는 건 아무리 뺏어다 놔도 기회를 보고 다시 가져다 놓았다. 집요한 고양이다.

코코는 육체적으로 다리가 길고 탄탄한데 비해 뻣뻣하다. 고양이가 어떻게 뻣뻣하냐고 하겠지만 키 큰 사람이 뚝딱거리듯이 유연하면서도 제 몸을 잘 가누지 못하는 뻣뻣함이 있다.

여러모로 코코는 참 이상하고 귀여운 고양이다.

2025년 2월 15일 토요일 10:12AM 작성
(직접 노트에 수기로 작성한 날 것의 글을 옮기며 약간의 편집을 더했다.)

아침에 일어나 노트를 펼치고 가장 먼저 머릿속 그물에 걸려든 낱말이 '고양이'었다. 그리고 그 뒤 자동으로 따라온 '귀엽다'를 보면 어쩌면 나의 무의식을 쉽게 알 수 있을 것 같다.

눈도 제대로 뜨지 못한 채 책상 앞에 앉은 나는 나의 고양이들에 대해 막힘없이 적어 내려갔다. 고양이야말로 나의 끝없는 영감의 원천이었다. 매끄럽지는 않지만, 마음을 따라 손은 자연스레 바삐 움직였다.

적다 보니 운명을 깨닫는다. 나는 고양이들의 그물에 걸려든 캔 따개 운명이었다. 그리고 그 운명에 순응하기로 했다.

아이고, 낱말이 아닌 내가 덜컥 걸려 들었다.

시경 이시경

마손님이 아래 달아둔 글은 글을 다 읽고서야 봤는데 글을 읽어 내려가며 왠지 찐이와 코코에 대한 마손님의 반 무의식 같은 애정이 듬뿍 느껴져서 더 따뜻하고 좋았어요.
눈 뜨자마자 무해한 귀여움을 느낄 수 있는 삶이라니 부럽습니다. 그것도 두 마리니 두 배로. 찐이와 코코는 부를 때의 느낌도 다르고 그 매력도 너무나 다른 듯한데 마손님의 사랑을 듬뿍 받는 행운의 고양이라는 점은 같네요.

조심스럽게 한 번 외쳐볼게요.

♥어무니, 마손, 찐이, 코코 넷의 사랑 영원해♥

＋ 그물에 걸려든 낱말

잠에서 깨어나자마자 밤새 그물에 걸려든 상념을 모아 글쓰기

5주차
다정함이 무성히 자라나는 주간

안과 밖으로 향하는 다정함의 온기를 느끼며 글쓰기

다정함이 무성히 자라나는 주간

이시경

토요일 아침, 개운하게 자고 일어나 몸을 일으킨다.

냉장고를 열어 아침으로 무얼 먹을까 탐색하는 것은 잠시 미뤄둔다. 할 일이 있기 때문이다. 창문을 여니 솔솔 불어오는 바람. 주말이라 평일 아침 내내 귀를 괴롭히던 공사 소리도 멈췄다.

잠이 덜 깨 몸이 날렵하게 움직여지지 않을 때는 나보다 더 바지런한 것을 먼저 움직이게 한다. 흰 빨랫감을 모아 세탁기를 표준 모드로 돌리기 시작하니 울리는 경쾌한 알람 소리. 청소의 시작을 알린다. 곧 젖은 빨랫감을 넣어야 하니 빨래건조대에 생선처럼 말리고 있던 버석한 빨랫감도 얼른 걷어온다. 건조기 속에서 꺼내주기만 기다리던 수건들도 구출해 주었다.

빨래 개키는 동안 찰나의 무료함도 견디지 못해 영상

58

을 틀어놓기 일쑤지만 오늘은 스피커로 잔잔한 노래만 틀어놓는다. 플레이리스트를 잘 고른 날은 집안일 능률이 3% 정도 더 오르는 기분이다. 빨래를 개키는 속도가 빨라지고 가지런히 접힌 옷과 수건을 텅 비어 있던 자리에 채워준다. 벌써 마음 한구석이 차오른다.

나에게 다정하게 해준다는 것이 뭐가 있을까. 내가 힘들어하는 대상으로부터 떠나게 해주는 것, 내 몸을 더 쓸만하게 보살펴주는 것, 내내 먹고 싶었던 것을 가격 생각 없이 맛있게 먹여주는 것, 포근한 침구에서 재워주는 것. 모두 내게 다정한 일일 것이다.

청소를 시작할 때는 집에 다정해지고 싶었다. 나를 재워주고 쉬게 해주는 집과 방에 빚진 마음을 갚으려 했다. 한데 청소를 끝내고 나니 왠지 나를 닦아낸 기분이다. 구석구석 너저분한 것을 치우고 쌓인 먼지를 걷어내고 한결 가벼워진 나와 마주한다.

모든 청소를 끝내놓고 손을 깨끗이 씻은 뒤 거실 테이블 앞에 앉았다. 애정을 듬뿍 준 물리적인 공간에 나를 두니 내가 쓴 마음보다 더 큰 다정함으로 돌아와 나를 은은히 감싼다. 홀가분한 마음으로 글을 써 내려가기 위해 키보드 위에 손을 얹는데, 한 가지 빼먹었다는 것을 알아차린다. 구석구석 쓸고 닦느라 고생한 나의 손에 핸드크림을 듬뿍 발라 줘야지.

버석했던 손등이 한결 부드러워지고 키보드 위에서 춤추는 손가락에 서서히 흥이 오른다.

마손Maason

다정함이라는 것은 눈에 보이지 않고, 명확하게 표현하기 어려운 성질인데, 시경님의 글에서는 다정함이 명확하게 보여요.
시경님의 집안을 채운 다정함을 수치로 나타낸다면, 아니 눈으로 볼 수 있었다면, 이미 다정의 나무들이 빽빽이 들어선 다정의 숲이지 않을까요?
글을 읽으니 알 것 같아요.
시경님이 많은 사람에게 다정할 수 있는 이유를요. 시경님 자신과 또 가장 가까운 공간 집에서 시작된 다정함으로 탄탄하게 다정의 기반이 있었다는 것을요.

다정함이 무성히 자라나는 주간

마손

글을 쓰는 것은 나를 돌보는 일이다.

내면에서 어지럽게 떠도는 생각들을 가감 없는 말로 꺼내어 놓고, 단어를 고르고, 문장을 다듬어 정리하는 일련의 행위는 어쩌면 현대인의 정신건강을 위한 필수 운동이라 말하고 싶다.

마음이 어지러울 때, 가만히 글을 쓰고 있자면 손끝에서 눈물이 흘러나오는 것 같다. 다 울고 나면 속이 후련해지는 것이 꼭 같다. 때때로 울고 나면 풀리는 응어리들이 있듯이 글을 쓰는 것만으로도 머릿속 안개가 걷히곤 한다. 물론 가끔은 글이 풀리지 않아 머리가 더 아파질 때도 있지만 말이다.

5주간의 글쓰기는 생각하지 못했던 다정함으로 나를 꾸준하게 돌보는 일이었다. 다정하게 주어진 글 제목들은 나를 다정하게 글쓰기로 이끌었다.

덕분에 나의 마음을 다정하게 돌볼 수 있었다. 다정한 안내자는 노래 가사 하나하나를 음미하게 했고, 내가 사랑하는 계절의 색을 곰곰이 그리게 했다. 냄새와 색깔, 감정으로 깊은 기억을 더듬게 했고, 짧은 사색도 놓치지 않고 돌아보게 했으며, 무심코 흘려보냈던 내가 사랑하는 동네의 반짝임을 발견하는 기회를 주었다. 이름 없는 것들에 대한 애정을 찾아주었고, 이른 아침 부지런히 던진 그물로 건져낸 낱말이 얼마나 소중한지 깨닫게 했다.

이번 한 주간의 글쓰기를 위해, 일부러 다정함을 발견하기 위해, 스스로에게 다정하기 위해, 또 누군가에게 다정함을 전달하기 위해 순간마다 의식적으로 상황을 분석했다. 이 행동은 다정함의 범주에 들어가는 것일까, 이 말에 다정함이 묻어 있는 것일까 하는 등의 질문들을 스스로에게 계속 던졌다. 생각할수록, 고민할수록 다정함은 모호해졌고 멀어지는 것 같았다.

불쑥 발견한 다정함은 내 생각보다 훨씬 가까운 곳에 있었다. 내가 글을 쓰는 일이 바로 그것이었다. 관찰하고 사고하고 단어를 세심하게 고르고 투박한 마음을 조금 더 다듬어 내어놓는 일련의 과정들을 바라보니 어느새 무성하게 자란 다정함이 눈앞에 있었다.

 여기 있었구나, 다정함이!

 다정함은 관심을 먹고 자랐고, 다정함은 애정을 먹고
자랐다. 찾으려고 애쓰지 않아도 다정함은 어느새 자
라있었다. 게다가 다정함은 자꾸만 자라나서 나를 돌
보는 다정함이 주위로 자꾸만 뻗어나간다. 그렇게 뻗
은 나의 다정함이, 내가 느낀 다정함이 또 다른 누군가
에게도 다정하게 닿은 한 주였기를 바랄 뿐이다.

 이시경

5주간 나란히 호흡을 맞춰와서일까요, 이번 글은 내가 쓴 글 아닌가 싶을 정도로
깊이 공감이 갔어요. 마손님과 함께 글을 쓰고 읽어가는 시간이 편안했던 이유는
아마도 우리가 글을 쓰는 마음의 한 조각이 닮아있기 때문인 것 같아요.

운 좋게 가장 먼저, 가장 가까이서 엿볼 수 있었던 마손님의 다정한 글 덕분에 저
도 조금 더 다정한 시간을 보낼 수 있었어요. 마손 작가님에게도, 읽는 사람에게도
다정한 마손님의 글은 아무래도 내내 쓰여져야할 것 같아요-

🖍 + 다정함이 무성히 자라나는 주간

안과 밖으로 향하는 다정함의 온기를 느끼며 글쓰기

_____

_____

_____

_____

_____

_____

_____

_____

_____

_____

_____

_____

_____

_____

_____

_____

_____

마손

조용하게 일상을 관찰하고 발견한 작고 오래된 것들을 사랑합니다. 그리고 그 마음을 꺼내어 손으로 완성할 때 행복합니다. 귀여운 고양이들과 함께 일상을 여행처럼 살고 있습니다.

<내 동생 관찰기>, <길>, <좋아여 시리즈> 등을 썼습니다.

1주차
사랑하는 계절의 색

사랑하는 계절에 대한 단상, 또는 가장 좋았던 시절에 대한 글 쓰기

사랑하는 계절의 색

마손

 사랑하는 계절을 꼽자면 단연코 여름이다.

 여름 사랑, 어렴풋하게 떠오르는 그 시작점을 거슬러 추억을 뒤적이다 보면 살아온 세월이 10년이 채 되지 않은 어린 내가 있다. 그 시간 속 나는 어렸고, 나보다 두 살 더 어린 동생과 늘 함께였다.

 엄마는 우리 남매를 데리고 홀로서기를 시작한 뒤, 어린 우리를 위해 저녁 근무를 하며 낮에는 집에 있었지만 거의 잠만 자는 나날이었다. 우리가 학교를 다닐 때는 그러한 일상이 꽤 평화롭게 흘렀던 것 같다.

 가족이 셋이 된 뒤 맞는 첫 여름 방학에 엄마는 늘상 코피를 달고 살던 동생의 기력 보충 겸 여름 보양식으로 하얀 국물의 장어탕을 끓였다. 한 그릇을 다 비워야 밖에 나가 놀 수 있다는 엄마의 말에 곰탕 같기도 하고 우유 같기도 하던 그 국물을 보양식에 대한 감사가 없는 어린이였던 나는 한 그릇을 겨우 비웠다. 동생까지 한 그릇을 해치우고서야 우리는 페인트칠이 듬성듬성 벗겨진 녹색 대문을 나섰다.

우리가 나오니 기다렸다는 듯 골목을 향해 난 색색의 대문들이 열리고 지금은 기억나지 않는 반가운 얼굴들이 고개를 내밀면서 골목은 금세 소란스러워졌다. 큰 소리로 오늘 장어 파워를 얻었다며, 새로운 모험을 떠나자고 내가 먼저 외쳤다. 그럼, 누가 먼저랄 것 없이 한 마음으로 어린 모험가들이 소리를 치며 모였다. 그렇게 함께 우르르 응달 속 골목을 나서는 순간, 여름의 긴 해는 황금빛으로 모두를 모자람 없이 감쌌다.

그것이 내가 사랑하는 계절의 색이다.

붉은빛이 살짝 감도는 노란 황금빛이 가득했던 그 시간이 내가 사랑하는 계절이다. 그때 여름에게 첫눈에 반한 것일지도 모른다. 골목을 나서며 마주한 눈부셨던 햇빛, 어린아이들의 왁자지껄한 소리는 몇십 년이 지난 지금까지 흐려질 뿐, 지워지지 않는다.

그 시절의 엄마보다 나이가 더 많아진 지금은 우리가 밖에 나가서 놀아야 한숨 잘 수 있었던 엄마가 보이고, 학원을 가지 못해 문 너머 친구들만 기다리던 달동네

가난한 어린아이들도 보인다. 그 시간은 지금의 눈으로 보면 서글펐지만 아름다웠다.

그 여름날 햇빛의 색은 서글픈 엄마의 고단함도, 가난한 어린이들의 외로움도 품었다.

그래서 아름답다.

그래서 나는 여름을 여전히 사랑한다.

추억에 반짝임을 덧입혀 준 찬란한 여름의 해가 가진 그 색을 사랑한다.

추신: 언젠가 어른이 되고 엄마에게 들은 그 시절 장어탕의 비밀은 원재료가 장어가 아닌 개구리라는 사실이다. 그럼에도... 나는 여전히 여름을 사랑한다.

추억이 실제와 크게 다를지라도.

시경 이시경

순간 그 황금빛 가득한 골목에서 함께 뛰놀았던 것처럼 아련한 마음이 됐어요. 마손 작가님이 여름에 유독 빛나 보였던 이유를 아주 조금은 알 것 같아요.
저도 비슷한 골목에서 자랐는데 그런 색이 있었던가 가물가물해요. 그런 색을 볼 수 있는 아이였기 때문에 지금도 이렇게 색을 아름답게 보고, 쓰나 봐요.

내가 좋아하는 계절의 색

이시경

　좋아하는 계절에 대한 마음이 드러나고야 마는 숫자들이 있다. 계절별 '옷장에 걸린 옷의 가짓수', '플레이리스트의 곡 수', '앨범의 사진 수'와 같은 숫자들.

　꼼꼼히 세어보지 않아도 내게는 가을이 지닌 수가 가장 많다. 초가을 바람 정도만 겨우 막아줄 듯한 재킷에 쉬이 설레고, 단풍 물든 길을 걸을 땐 가방 밑바닥을 뒤져서라도 이어폰을 찾아 꽂으며, 볕에 말라 누워있는 단풍잎에도 얼른 카메라를 갖다 댄다.

　사랑하는 마음을 숫자로 환산할 수 없지만 저런 숫자들은 사랑하는 마음의 근거가 되어 해가 갈수록 가을 앞에서 더 요란을 떤다.

　내가 그러거나 말거나 가을볕은 늘 차분하다. 차분하게 내려앉으며 닿지 않는 곳도 없다. 아무리 좁은 틈도

비집고 들어와 비추고 아무리 드넓은 대지도 감싸안는다. 여름에 게을리 자란 것도 가을볕에 마저 자라고야만다.

알알이 모두 익어 비좁은 껍질에서 탈출하고 나면, 그 빈 껍질마저 떨궈 겨울에 자리를 내어주곤 홀연히 떠난다. 헛헛한 마음은 가을이 떨구고 간 맛 좋은 알맹이들을 까먹으며 달랜다.

간혹 상대가 어떤 계절을 닮았다고 생각했는데 정말로 그의 좋아하는 계절이 내가 떠올린 계절과 맞아떨어질 때가 있다. 사랑하면 닮아간다는 것은 비단 사람과 사람 사이에만 통하는 말이 아닌가 보다. 어쩌면 그저 자신과 닮은 그 계절을 자연스레 사랑하게 된 것인지도.

세월이 흘러 어떤 계절을 닮아갈 수 있다면 가을볕이 지닌 차분한 빛깔을 닮고 싶다. 투박한 것, 모난 것, 고운 것, 상관없이 고루고루 비추는 빛. 내가 나를 알아 세상을 그리 비춘다는 것은 욕심이다. 그저 내가 살아온 길목에 투박하고, 모나고, 고운 것들을 살뜰히 비추며 나의 삶도 알알이 익혀내고, 익어가고 싶다.

특별한 수는 없다. 그저 지금처럼 가을이 올 때마다 아주 요란을 떨고 바지런히 돌아다니는 수밖에. 그러다 나도 모르게 가을볕이 스미어 조금이라도 그런 빛깔에 가까운 이가 된다면 좋겠다.

 마손Maason

계절을 사랑하는 마음이 숫자로도 나타난다는 신선한 시선에 큰 공감을 했어요.
시경님이 세밀하게 적어 내려간 글을 꼭꼭 씹어 읽어보면 선명한 가을이 그려집니다. 그리고 선명하게 그려진 가을 가운데 꼭 닮은 시경님이 그려집니다. 구석구석 비치는 가을볕처럼 주변을 돌보고 마음 쓰는 시경님의 모습을 알기에 그럴지도 모르겠네요.
언제나 시경님의 글을 읽으면 눈앞에 영화가 상영되는 것처럼 이미지가 떠오릅니다. 참 친절한 글입니다.

_____ . ___ . ___ . _____

🖊🖊 ✚ 사랑하는 계절의 색

사랑하는 계절에 대한 단상, 또는 가장 좋았던 시절에 대한 글 쓰기

2주차
푸른 그리움, 붉은 기쁨, 노란 슬픔

색과 감정을 엮어서 글쓰기
개인이 해석한 색의 의미를 감정에 엮어서 글쓰기

푸른 그리움, 붉은 기쁨, 노란 슬픔

마손

내 모든 그리움은 푸른색이었다.

시리도록 파란 하늘, 싱그러운 초록빛 숲속, 모든 푸름이 모여든 바다를 바라볼 때면 울컥울컥 그리움이 솟아났다. 그리움의 주체는 선명하지 않은데, 농도는 꾸덕꾸덕하게 짙었다.

푸른색은 생명이다. 생명이 가진 푸름을 바라보면 떠오르는 이 낯선 그리움은 무엇일까.

푸른 그리움을 좇아가보니 그 끝에는 잿빛의 내 영혼이 있었다. 내 영혼이 보내는 구조 신호가 바로 푸른 그리움이었다. 푸른 그리움을 인식하고서 나는 살기로 했다.

잿빛의 영혼도 처음부터 잿빛은 아니었으리라. 최초의 영혼은 많은 것을 사랑하며 빨갛게 타올랐을 것이다. 일렁일렁 춤추듯 기뻐하며 빨갛게 불타오르다가 끝내 모든 것을 태우고 검고 하얀 재가 되었을 테다. 붉은 기쁨을 모두 날려버린 채.

 붉은 기쁨이 사라지고, 푸른 그리움이 남은 지금, 슬픈 햇빛만이 가득하다.

 이른 아침의 해도, 한낮의 해도, 꼴깍 넘어가기 직전의 해도 아니다.

 너무 뜨겁지도 않고, 달아오르기 전 서늘함을 가지지도 않은 어중간한 해가 비추는 그 시간은 어느 시간보다 슬프다.

 누구보다 크게 세상을 품었지만 누구보다 미미한 존재감으로 그 시간을 노란 빛으로 지키고 있다. 열기가 아닌 온기는 마음을 위로한다.

 그렇게 노란 슬픔이 남았다.

 시경 이시경

'최초의 영혼은 많은 것을 사랑하며 빨갛게 타올랐을 것이다.'
저는 왜인지 이 구절이 마음에 빨갛게 번집니다. 푸른 그리움도, 노란 슬픔도 품고 있지만 그런 것이라곤 태초에 없는 것처럼 활활 타오르는 붉은 기쁨. 어쩌면 푸르고 노랗게 물드는 시간은 그런 시간이 있었다는 증거인지도 모르겠습니다.

마손님이 느끼는 색의 지평은 정말 넓구나, 이 글을 읽고 한 번 더 느껴요. 색을 주제로 한 글을 몽땅 모아주셨으면 하는 욕심마저 드네요. 그래 주신다면 제가 누구보다 빨갛게 기뻐할 거예요.

푸른 그리움, 붉은 기쁨, 노란 슬픔

이시경

"좋아하는 색이 있나요?"하고 물으면 누군가는 툭 튀어나오는 색이 있을 것이다. 어떤 이는 묻기도 전에 그 색을 알 것도 같다. 가방을 열면 분홍색 물건들이 쏟아져 나오는 동생 H, 옷장을 열면 온통 남색의 향연인 우리 엄마 같은 이들이 그렇다.

한 가지 색에 진심인 사람의 흥미로운 점은 그들은 한 가지 색에서 다양한 결의 분위기를 찾아낸다는 것이다. 친구들 사이에서 새까만 옷만 입고 다니기로 유명한 J를 보면 그렇다. 그녀의 검정은 때때로 파스텔 색보다 편안하고, 샛노란 색보다 발랄하며, 세상 어떤 색보다 우아하기도 하다. 가장 다채롭지 않은 색 같은 검정이 그녀에게 닿아 무지개처럼 표현된다. 그녀의 검정은 전혀 지루하지 않다.

나의 입에서 툭 튀어나올 색은 '초록 파랑'인데 초록, 파랑이 아닌 '초록 파랑'이다. 피자와 콜라, 빵과 우유처럼 함께할 때 더 조화로운 것들이 있듯 '초록 파랑'도 내게 그리 느껴진다.

이 마음의 시작이 어디인지는 모르겠다. 어느 순간부터 산과 바다, 뜰과 하늘 같은 자연을 넘어 초록, 파랑의 색지 두 장만 붙어 있어도 두 색은 단숨에 나의 눈과 마음에 들어왔다.

물을 흠뻑 먹어 어두워진 '초록 파랑'부터 새로 난 잎, 맑은 호수처럼 산뜻한 '초록 파랑'까지 어떤 분위기의 '초록 파랑'도 마다하지 않고 반기며 아낀다. 억지로 몸을 일으켜 집 밖으로 나선 날도 '초록 파랑'의 무언가를 발견하면 기분이 한결 나아진다.

'초록 파랑'은 내 안에 파장을 일으키는 듯하다가도 나를 고요하게 만드는 색이다. 자연에 흔한 색이라 그런지 자연 속을 거닐 때의 마음과도 닮아있다. 요란스럽지 않아도 들뜨고, 나를 흔들어 깨우지만 고요하다.

색의 기호를 넓게 본다면 그저 바라볼 때 예쁜 색, 입어서 좋은 색, 집에 입히고 싶은 색 등 여러 기호가 있을 것이다. '초록 파랑'은 내게 내내 발견하고 싶은 색이다.

세월이 흘러 별일 없는 오후에 천천히 길을 걷다가 무언가를 발견하고선 '아.'하는 작은 탄성과 함께 나를 단숨에 칠해버리는 것이 있다면 그건 아마도 '초록 파랑'일 것이다.

 마손Maason

초록 파랑은 자연에서 쉽게 찾을 수 있는 가까운 색이자, 굉장히 다양하게 변주되는 색이라 편안하면서 지루하지 않은 색인 것 같아요. 그래서인지 초록 파랑을 사랑하는 시경님의 마음을 잘 알 것 같아요.
무언가에 대한 애정으로 쓴 글은 보기만 해도 미소가 지어지는데, 이번 시경님의 글이 딱 그런 글이 아니었을까요?
많은 감정 속에서 애정은 말랑하면서도 더 단단한 힘을 가지고 있는 감정이라고 생각해요. 그런 점에서 이번 초록 파랑에 대한 시경님의 글이 단단한 애정을 바탕으로 쓰인 게 보여서 마음이 몽글해지는 애정이 가득한 글이라 느껴집니다.

🖊🖊 ✛ 푸른 그리움, 붉은 기쁨, 노란 슬픔

색과 감정을 엮어서 글쓰기
개인이 해석한 색의 의미를 감정에 엮어서 글쓰기

3주차
매일의 사색 모음

하루 중 마음을 두드리는 순간들을 바로 휴대폰 메모장에 기록 후,
그 짧은 순간을 바탕으로 확장해 글쓰기

매일의 사색 모음

마손

> 인생이 허무하다.
> 매일이 다르다지만 또 어떻게 보면 삶은 반복이다.

인생이 허무하다. 이전 삶이 퍽 도파민이 넘치는 삶이어서 그런 것도 아니고, 그렇다고 쳇바퀴 도는 반복적인 일상을 사는 것도 아닌데 말이다.

내가 태어날 때부터 장착된 것만 같은 우울은 내 모든 인생에서 자신의 존재감을 드러냈고, 또 어느 시기에는 제가 나의 전부인 것처럼 나를 못살게 굴었다. 이 흐리멍덩하고 끈질긴 우울과 영영 이별을 할 수 있다고 애초에 생각조차 하지 않았다. 나이가 들면서 우울과 함께 사는 적당한 방법을 모색하고 있을 뿐이다. 그저 우울은 그 크기가 커질 때도 있고 작아질 때도 있으니까.

지금은 그 크기가 큰 시기일 뿐인 것이다.

지금의 삶이 허무하게 느껴지는 것은 우울이라는 내 기질에서 비롯된 것을 간과할 수 없지만, 이 기질이 활개 치도록 부추긴 것은 연말과 연초의 어지러운 일들이 한몫했다고 본다.

주위에선 연일 마음에 돌덩이를 얹어댔고, 나는 그 무게들을 버티지 못하고 가만히 가라앉고만 있었다.

내 사랑하는 고양이는 알 수 없는 이유로 아팠고, 1년간 숨차게 달렸던 프로젝트의 끝은 시간과 마음에 여백과 공허를 남겼다. 이미 다시 일어날 힘은 소진된 지 오래였다. 후일을 생각지 아니하고 마이너스 통장을 긁어 쓰듯 쓴 나의 힘은 제로를 넘어 마이너스였다.

매일 눈을 뜨고, 눈을 감는 행동의 반복이 내 하루의 반복이다.

매일 어떤 사색을 모을지 고민해 보지만, 매일 모여드는 생각은 지루한 공허였다. 인생을 돌아보면 이 또한 주기적으로 찾아오는 허무다.

결국 주기적으로 반복되는 삶이다. 삶은 반복이다.

↳ 시경 **이시경**

삶은 단 한 글자면서 그 모양새부터 보통내기가 아니게 생겼어요. 탐험할 에너지가 있을 때는 즐겁다가도 어떤 때는 그 자체로도 너무 버겁기도 합니다. 저도 쉬이 침잠하는 인간이라 강 부레옥잠처럼 살고 싶은데 잘 안되네요.
삶이 나를 오래 침잠케 하면 어떨 땐 괘씸해서라도 뭐라도 하나 캐와야지 싶은 마음이 들어요.
마손님은 글을 하나 캐오셨군요.
진심 어린 마음을 담아, 박수를 보냅니다. (짝짝짝.)

매일의 사색 모음

이시경

자는 동안에도 생각했나.

종종 잠에서 깨어나 '자는 동안에도 생각했나.' 싶을 만큼 머리가 무거울 때가 있다. 그 순간 생각을 눈으로 볼 수 있다면 양분 없어도 잘 자라는 잡초가 무성한 벌판 같을 것이다.

하루를 무겁게 시작하는 것은 커피나 더 들이붓게 할 뿐 별 도움이 되지 않는다. 이래선 안 되겠다 싶어 재작년부터 아침 명상으로 생각 제초를 시작했다. 제초 실력이 그다지 좋지 않아 텅 비워지는 단계까지는 쉬이 가닿지 못한다. 그저 오가는 생각을 관찰하고, 관찰만 하려던 것이 따라갔다가 황급히 제자리로 돌아오기도 하며, 그런 내 꼴을 물끄러미 바라본다.

잡념을 온전히 없애기는 어려워도 한결 가볍고 평온해진 나를 마주한다. 명상은 어쩌면 나에게 가장 고요한 사색이다.

약이 잘 들으려면 병세가 확연해야 하듯 생각이 많은 이에게 명상은 금세 효과를 발했다. 아침 명상 후에 하루를 보다 가벼이 시작하는 것이 단기적인 변화라면, 느슨한 명상일지라도 꾸준히 하다 보니 전에 없던 버릇이 하나 생겼다.

일상을 보내다가 멍한 순간이 늘어난 것이다. 정확히는 '나도 모르게' 멍한 순간이다. 이전까지는 대개 의도를 갖고 멍할 수 있었다. 버스 창가 자리에 앉아 귀에 이어폰을 꽂고, 바람이 살짝 들게 창문을 열어두고 생각에 빠지는 그런 의도된 멍한 시간 말이다. 이제는 의도가 없이도 멍해지곤 한다. 간혹 사람과 함께 있는데도 그런 순간이 있어 화들짝 놀라며 정신을 차린다. 그래도 힘주어 나를 보여주지 않아도 되는 관계에서만 그러니 아마 상대는 알아채도 그러려니 할 것이다.

이런 작은 멍함의 시간은 잡념을 크고 잘 드는 가위로 싹둑 잘라내진 못해도 삐져나온 잡념의 실밥을 끊어내는 쪽가위 정도의 역할은 해내는 것 같다.

'똑'.

작지만 명쾌한 소리가 울리고 꼬리가 한결 가벼워진 나는 본격적으로 더 깊은 사색의 세계로 빠져든다.

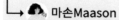

마손Maason

N의 특징일까요? 저도 여차하면 무성하게 자란 생각들로 인해 머릿속이 엉망이 되곤 합니다. 공상, 상상, 망상 등으로 엉망이 되어 버린 머릿속을 어떻게 정리해야 할지 늘 어렵게 느꼈는데, 무성하게 자란 생각을 제초하며 가꾸는 시경님의 방법이 아주 매력적으로 다가옵니다. 아무리 좋은 생각이라 하더라도 길을 잡아주고 가지를 쳐내는 과정은 필요하다고 생각하는데, 명상이라는 방법으로 또 다른 사색의 세계를 가진다니 멋져요. 똑소리 나는 생각 관리 비법이네요.
아침 명상에 관한 더 자세하고 깊은 글도 써주세요!

_____.__.__.____

🖉🖉 ✚ 매일의 사색 모음

하루 중 마음을 두드리는 순간들을 바로 휴대폰 메모장에 기록 후,
그 짧은 순간을 바탕으로 확장해 글쓰기

4주차
무명 관찰기

일상에서 자주 보지만 이름 없는 것을 찾아 관찰하고 글쓰기

무명 관찰기

마손

처음은 하얬다. 길고 탄력적이었고, 깨끗했다. 바꿔 말하면 지금은 아니라는 말이다.

언제부턴가 외출할 때 꼭 주머니에 챙겨 넣고 나가는 것들이 있다. 카드 지갑, 휴대폰, 줄 이어폰.

이제는 회색빛의 꼬질꼬질하고, 부드러워진, 꽤 짙은 사용감이 묻어나는 줄 이어폰 관찰기를 시작한다.

지금까지 쭉 줄 이어폰만 써왔던 것은 아니다.

처음 에어팟을 끼고는 거추장스러운 줄이 없다는 게 이렇게나 편한 신세계였나 놀라며 에어팟만 주야장천 선호했던 시절도 지나왔다. 그러나 쓰다 보니 차라리 동시에 배터리가 다 되는 게 나았을까? 띨롱, 한쪽 에 어팟이 꺼진 뒤, 약간은 초라해진 음악을 들으며 충전 도 금방 되는 에어팟을 충전하는 일이 이렇게나 귀찮은 나 자신에 한심함을 느꼈다. 고작 이 하나의 이유로 줄 이어폰을 사용하는 것은 아니다.

또 언젠가 에어팟을 끼고 비행기를 탄 적이 있다. 잠이 들고 왼쪽으로 고개가 꺾이는 순간, 왼쪽 에어팟이 왼쪽 귀에서 탈출했다. 잠결에도 뚝 끊겨 버린 음악으로 바로 알아차리고 찾았지만, 왼쪽 에어팟은 앉은 자리에서 아무리 찾아도 나오지 않았다. 그러고 싶지 않았지만, 끝내 뒷자리 승객에게까지 바닥을 봐달라고 부탁해야 했다. 그러고도 찾지 못하고 착륙 후 겨우 발견한 그 뒤부터는 잠을 잘 수 있는 이동 수단을 이용할 땐 무조건 줄 이어폰을 사용하기 시작했다.

하지만 여전히 러닝을 뛴다거나 여러 짐을 들고 이동하면서 음악을 듣기에는 에어팟이 편했다. 그 편함을 부정할 수는 없다.

언제부터인가 강하게 에어팟이 불편하게 느껴졌던 건, 개체가 3개라는 사실이었다. 에어팟 케이스와 왼쪽, 오른쪽 에어팟의 연결고리가 없고, 셋 중 하나라도 사라졌을 때 발생하는 불완전함이 가뜩이나 예민하고 불안도 높은 나를 자극했다. 그렇게 나는 줄 이어폰으로 돌아가는 수순을 밟았다. (물론 대부분의 외출에 에어팟도 함께 들고 다닌다)

서론이 너무 길었다. 이 정도면 에어팟 관찰기가 아닌가 조심스럽다.

본론, 다시 줄 이어폰으로 돌아간 뒤, 줄 이어폰을 관찰해 보면 처음엔 탄력 있던 줄도 오래 쓰다 보면 그 흔적이 남아 줄이 매우 부드러워진다. 면이 불듯, 이어폰의 줄도 그런 걸까. 아주 부드러워서 자기들끼리 들러붙는 것 같다. 늘 정갈하게 돌돌 말아 주머니에 넣어두지만, 꺼낼 때 보면 안에서 웍질이라도 당한 듯 자기들끼리 엉켜있는 걸 발견한다.

대부분 그래서 집에서 나온 뒤 바로 음악을 들을 수 없다. 길을 걸으며 엉킨 줄을 푸는 것은 번거로우니까, 버스 안에 앉거나 지하철을 기다리며 서서 엉킨 줄을 정비한 다음 사용한다.

줄 이어폰을 사용할 땐 불편함이 자주 발생한다. 가령 마스크를 끼고 벗을 때, 레이어의 순서에 따라 동시에 벗겨져 놀랄 수 있다. 또 지하철에서 백팩을 앞으로 돌려 맬 때도 줄이 걸리지 않도록 조심해야 한다. 어딘가 바삐 걸어가다 걸려서 양 귀에서 쏙 빠져 버리면 갑자기 사라진 음악에 외로워진다. 이런 불편함은 줄 이어폰의 정체성인 '줄'에서 발생한다. 역시나 장단점은 종이의 앞뒷면이다. 장점이 단점이고, 단점이 장점인 것이다.

어쨌든 오랜 사용감으로 부드럽고 질겨진 줄은 귀에서 떨어져 나갈지언정 끊어지지 않는다. 그것으로 잃어버린다는 불안감을 대폭 낮춰준다. 사실 잃어버려도 고장 나도 다시 사는 금액적 부담 또한 적다.

관찰하며 발견한 남들은 모르는 나의 줄 이어폰의 작은 비밀은 가끔 음악을 재생하지 않고 내 귀에 꽂혀 있다는 사실이다. 종종 음악이 아니라 듣는 행위 그 자체가 질릴 때가 있다. 귀에 계속해서 소리가 들리는 것이 피로하게 느껴질 때가 있는데, 그럴 때 그냥 귀에 꽂아만 두고 있다. 그럼 소리가 어느 정도 차단되고, 단절되는 효과가 있다. 게다가 겨울에는 꽂아두는 것만으로 보온 효과가 있다는 것도 발견했다. 줄 이어폰도 쉬고, 나도 쉬는 순간이다.

여기서 누군가는 의문이 들지도 모르겠다. 무명 관찰기인데, 이미 줄 이어폰은 지칭할 수 있는 명칭이 있는 것이 아닌가 하는, 무명이 아니지 않는지 하는 의문 말이다.

나라는 사람은 워낙에 이름 붙이기를 좋아하는 사람이다. 빈티지 마켓에서 산 인형이나 노트북까지 이름을 지어줬으니 말 다 했다. 그런 점에서 나의 줄 이어폰은 나와 함께 한 지 꽤 오래되었지만, 딱히 애정 어린 이름으로 불리지 않는 점에서 분명한 무명이라 할 수 있다.

모든 외출에 없어서는 안 될 3순위 안에 드는 중요도를 가지고, 아주 많은 순간을 나와 함께 하고 있지만, 집에서는 찬밥인 이름 없는 나의 줄 이어폰, 그의 노고에 박수를 보내며, 이 관찰기를 바친다. 앞으로도 긴 시간을 함께해주길 바라며, 관찰을 이만 마무리한다.

 시경 **이시경**

이어폰 관찰기를 읽으며 침 고이는 저, 정상인가요. 너무 맛깔나게 관찰해 주셔서 지금 제가 꽂고 있는 무선이어폰이 너무 맛없게 느껴져요(?)
그러고 보니 줄 이어폰은 길들여지고 손길을 타지만 무선 이어폰은 때만 타네요. 저도 무선 이어폰을 농구공처럼 튕겨낸 경험을 몇 회나 보유하고 있는 조심성이 없는 사람인데요. 그러면서도 줄 이어폰으로 안 돌아가는 이유를 곰곰이 생각해 보니 저는 마손님처럼 인내심이 많은 사람이 아니어서 그런 것 같아요.
글을 읽으면서 버스정류장, 지하철역에서 서서 사부작사부작 줄 이어폰을 풀고 있을 차분한 마손님 모습이 그려집니다.

무명 관찰기

이시경

3년 전 집들이에서 다육식물 여러 종이 함께 심어진 화분을 선물 받았다.

예뻤다. 식물은 애타는 내 마음도 모르고 정말로 예뻤다. 어여쁜 식물을 볼 때면 집에 들여서 매일 바라보고 싶은 마음과 동시에 공포감이 밀려온다. 아마도 내가 이 어여쁜 모습을 지켜주지 못하면 어쩌나 하는 두려움일 것이다. 그 화분을 만난 첫인상이 그랬다. 그렇게 어여쁘고도 두려운 화분을 받은 날로부터 3년이 지났고 일상에 작은 변화가 생겼다.

주말 아침, 거실의 구석에서 가만히 몸을 접고 앉아 화분을 관찰한다. 다육식물은 용케도 살아남았다. 함께 심겨 있던 친구 몇은 먼저 떠나보냈지만 앙증맞은 우주목의 키가 제법 자랐다.

초반에 우주목 잎이 후두두 떨어져 버리길래 놀라 물을 더 주기도 덜 주기도 하며 헤매다 간단하고 확실한 물 주는 주기를 찾았다. 방법은 아주 쉽다. 그저 관찰하기만 하면 된다.

잎의 표면이 살짝 쪼글쪼글해지기 시작하면 목이 마른다는 뜻이다. 흙에 손가락을 넣어 보고 말랐을 때 물을 주라고도 하던데 그것으로는 긴가민가해 그냥 목마른 티를 내면 물을 주고 있다. 우주목은 아마 나를 조금 탐탁지 않게 여길 수도 있다. 미리 알지 못하고 꼭 목이 말라야만 부랴부랴 물을 주니. 가끔은 왠지 '지금이다.' 싶어 잎이 마르기 전에 물을 줄 때가 있는데 그럴 땐 우리가 조금 더 가까워진 기분이 든다.

물 준 날을 기록하거나 정확한 주기를 만드는 것도 방법이지만 그러기엔 귀찮은 데다 계절마다 온습도가 휙휙 바뀌어 쉽지 않다. 그리고 나는 그 쪼글쪼글해지기 시작하는 우주목을 보는 것이 좋다. 목욕탕이나 수영장에서 시간 가는 줄 모르고 물 안에서 놀다 보면 손가락이 쪼글쪼글해지는데 꼭 그 모습을 닮았다. 그 귀여운 모습보다 조금 더 좋은 것은 시원하게 물을 마시고 나면 언제 목말랐냐는 듯 한껏 통통해지는 우주목의 씩씩한 모습이다.

별안간 '씩씩이'같은 촌스러운 이름을 지어주려다가 원래 가진 이름이 예뻐 그대로 두련다. 우리 집의 작은 초록 우주로 오래도록 싱그럽기를 바라는 마음을 듬뿍 담아.

 마손Maason

초록 파랑을 사랑하는 시경님에게 정말 딱 맞는 무명의 친구네요.
이름만 없지, 애정과 관심이 가득해 보입니다. 물 주는 방법을 터득한 것을 보니, 정말 가족과 다름없어요. 서로가 서로에게 맞춰가는 게 보인달까?
시경님의 글은 언제나 술술 잘 읽히는 장점이 있는데, 이번 글은 정말 스르륵 읽히는 것 같아요. 분명 평소에도 꾸준히 애정을 담은 관찰을 해온 덕분이겠죠.
우주목이 이 글을 읽는다면 조금 더 파랗게 피어날 것 같아요!

✏️ + 무명 관찰기

일상에서 자주 보지만 이름 없는 것을 찾아 관찰하고 글쓰기

_____

_____

_____

_____

_____

_____

_____

_____

_____

_____

_____

_____

_____

_____

_____

5주차
사소한 결심의 결말

새해를 맞이해 과거에 했던 사소한 결심을 찾아 결말을 돌아보고,
새로운 결심에 대한 글쓰기

사소한 결심의 결말

마손

2025년이 벌써 두 달이 지나갔다.

올해의 첫 결심은 설 전까지 합법적으로 무용한 쓰레기처럼 사는 것이었다. 너무 바빴던 지난해와 올해 있을 졸업 작품전을 생각했을 때, 무조건적인 체력 비축과 아무것도 하지 않는 휴식이 절대적으로 필요하다는 결론 끝에 나온 결심이었다. 결심이라는 것은 할 일에 대하여 어떻게 하기로 마음을 굳게 정하는 것인데, 아무런 일을 하지 않겠다는 것이 올해의 내 첫 결심이었다. 그리고 그 결심은 200% 초과 달성했다. 설이 지나고서도 그 결심은 합리화라는 이름으로 여전히 지속되고 있는 중이었다.

수많은 사소한 결심이 그 사소함의 크기로 날아가 버렸지만, 돌아보면 날아가면서도 내 삶에 티끌만큼씩은 흔적을 남겼다. 이를테면 하루에 한 장씩 사진을 찍고,

코멘트를 남기는 나만의 프로젝트를 1년간 진행했던 일은 그냥 사소하게 일기 대신 블로그에 사진 한 장씩을 올려보자는 가벼운 마음으로 결심했던 일이지만 그 1년간의 기록은 내 삶의 자료가 되었고 그 자료를 바탕으로 또 나는 작년 한 해, 한 달에 한 권씩 과거의 여행 기록을 엮어내는 좋아여 프로젝트를 결심할 수 있었다. 좋아여 프로젝트를 결심하고서 그 과정 동안은 수시로 후회가 밀려왔지만, 프로젝트가 끝난 뒤, 큰 성취감과 보물 같은 12권의 책을 얻었다. (이것은 꽤 태산 같은 흔적이기도 하다.)

심지어 두 달도 채우지 못하고 끝났던 나의 러닝은 어찌 됐든 러닝하이라는 달리기로 인해 느낄 수 있는 기쁨을 맛보게 했고, 달리기와 점점 멀어지면서도 언제가 다시 뛰겠다는 미련을 남겼다.

결심을 지켜냈을 때보다 그렇지 못한 경우가 다반사인 사소한 결심은 가볍게 휘발되기 쉽고, 빠르게 휘발된 결심만큼 죄책감은 미미하지만, 끈질기게 오래간다. 방구석 한자리를 차지하고 있는 한국사 문제집이 두고두고 눈에 밟힐 때, 모닝 글쓰기를 하겠다며 꺼낸 예쁜 노트가 여전히 새 노트의 모습으로 놓여 있는 모습일 때, 모든 과거의 결심을 회피해야 할 때면 사소한 결심은 결코 사소하지 않았나 싶기도 하다.

하지만, 이 모든 결심을 결국 사소하다고 말할 수 있는 것은 내가 이 결심을 지켜내지 않아도 언젠가 다시 시도할 수 있는 결심이라는 것이다. 목숨을 건 사생결단의 결심이라면 이미 수백 번은 죽었을 텐데, 이 작고 소소한 결심에는 해내면 좋지만, 못해내도 괜찮다는 마음이 깔려 있다. 심지어 해내지 못하더라도 얻는 것들이 있다. (다음에는 목표설정을 낮게 잡는다든지, 나의 능력치를 깨닫는 등의 일 말이다.)

실패한 많은 결심을 뒤로 하고 나는 또 사소하게 결심한다. 그 결말이 남길 흔적을 기대하며, 해내지 못해도 좋다.

시경 이시경

마손님 글을 읽으며 사소한 결심이 남기는 흔적이 그 사람만의 고유한 향취로 남는 것 같다는 생각이 들었어요. 나를 끌어올리는 흔적도, 잡아당기는 흔적도 있겠지만 작게 결심하고 시도했던 그 마음은 모두 찬란히 빛나는 살아있음이네요.
200%의 시간 안에서 작은 흔적도 충분히 어루만져주시길. 실은 200%도 마손님의 지난해 노고에 비하면 아마 아주 약소할걸요.
정말 수고 많았어요.

사소한 결심의 결말

이시경

매년 좋아하는 곡을 담아왔던 플레이리스트가 Song of 2020에서 멈춰있다. 2021년부터 2024년까지도 분명 올해의 곡이라고 할만한 멋진 곡들을 만났을 텐데 황홀하게 들었을 어떤 노래는 제목도, 가수도 기억나지 않는다.

모른다고 해서 문제 될 것은 없지만 마음에 걸리기 시작했다. 무엇보다 매끈하게 추려서 올라오는 플레이리스트에 익숙해지니 나를 알아가는 것에 점점 게을러지는 기분이다. Song of 2021, 2022, 2023, 2024. 있지도 않은 폴더를 곱씹어 본다. 그때의 나는 어떤 곡을 도토리처럼 모아뒀을까. 그 시절의 나는 어떤 색의 플레이리스트를 만들었고, 다시 들으니 하나도 좋지 않아서 웃음이 나는 곡은 뭐였을까.

20대 초반에 밤마다 잠도 미루며 음악을 찾아 모으

곤 했다. 나 빼고 다 아는 것 같은 좋은 곡을 찾을 때도 좋았지만 하트가 단 하나도 눌리지 않은 곡에 처음 하트를 누를 때의 쾌감은 끝내줬다. 좋은 곡을 먼저 발견했다며 잘난 척하고 싶은 마음이 있었나 보다. 그 알량한 쾌감보다 컸던 것은 그동안 몰랐던 내 취향을 발견하고, 이미 찾아낸 취향을 섬세하게 다듬어가는 기분이었다. 그 기분이 잠도 달아날 만큼 좋았고 시간이 흘러서도 다시 느끼고 싶을 만큼 두고두고 좋다.

음악을 연 단위로 모으다 보면 어떠한 결의 취향이 지층처럼 쌓인다. 한두 해로는 몰라도 몇 해가 넘어가면 내가 좋아하고, 푹 빠졌다, 싫증 나고, 여전히 좋은 음악의 흐름을 알 수 있다.

세월이 흐를 것이고 앞으로 더 그럴싸한 나이가 될 텐데 나의 20대부터 50대, 또 그 이후의 음악 취향을 지층처럼 바라볼 수 있다면 얼마나 재미있을까. 다시 지층을 쌓아야겠다. 연간 플레이리스트를 다시 모아보겠노라 작은 폴더만 한 결심을 해 본다. 'Song of 2025'의 첫 곡은 Lola Young의 'Messy'다. 결심하자마자 얇은 지층 하나가 또렷이 쌓인다.

시작하는 이를 위한 교향곡을 들을 때만 해도 발가락마저 시린 겨울이었는데 우리 동네의 성질 급한 나무

몇 그루는 벌써 꽃봉오리를 터트렸다. 곧 완연한 봄이 오면 음악을 찾아 듣고, 모으는 일에 잠시 게을러질 는지도 모른다.

"그대여-"

봄을 실은 목소리가 꽃망울 터지듯 온 거리에 울릴 것이고 한동안 이어폰을 꽂지 않고 걷는 날이 이어질 것이다. 어떤 계절에는 온 세상이 함께 들어서 좋은 플레이리스트가 있다.

마손Maason

시경님의 첫 글이 떠오릅니다. 이것이 수미상관인가요?

이 글은 시경님이 쌓아온 취향의 결을 엿보고 싶어지는 글입니다. 올해의 플레이리스트를 모으겠다는 결심은 사소하지만, 시경님의 삶을 풍성하게 바꿀 수 있는 매우 강력한 결심인 것 같아요.

향이나 음악은 시간을 저장하는 능력이 있다고 생각하는데, 이렇게 일 년의 음악을 모아서 나중에 다시 들으면 저장해둔 일 년이 다시 재생되겠지요?

일 년의 시간이 음악으로 차르륵 지나가는 경험을 할 수 있을 것 같군요.

시경님, 그거 아시나요? 이번에 함께 글을 쓰며 느낀 것인데요, 저도 누구보다 먼저 시경님의 글을 읽고 댓글을 달 수 있어서 아주 좋은 곡에 처음 하트를 누르는 그 쾌감을 느꼈답니다.

_____ . _____ . _____ . _____

🖊 + 사소한 결심의 결말

새해를 맞이해 과거에 했던 사소한 결심을 찾아 결말을 돌아보고,
새로운 결심에 대한 글쓰기

6주차
적어도 둘이라 좋아

혼자서 또 둘이서 조금씩 적어 온 지난 6주를 돌아보며 글쓰기

적어도 둘이라 좋아

이시경

글쓰기를 곁에 두는 사람들에게 묻고 싶다.

"내가 쓴 글을 다른 사람에게 보여주는 것이 어렵지 않으신가요?"

먼저 답해보자면 나는 꽤 어렵다. 아무래도 '내 글 꼭꼭 병'인 듯하다. 내가 붙인 이름인데 글을 쓰곤 누가 볼세라 꼭꼭 숨겨 놓는 병이다. 하도 오래 그리하다 보니 이제 나조차도 찾지 못하게 꼭꼭 숨어버린 글도 많다. 정사각형의 남색 노트를 참 좋아했는데 버리지도 않은 노트가 어디로 갔는지 모르겠다. 이게 다 '내 글 꼭꼭 병' 때문이다.

한편으로는 혹여나 내 글을 별로라 할까 봐, 나만큼이나 감흥을 느끼지 못하는 것을 볼 자신이 없어서 등 내 글이 꼭꼭 좋은 글이어야 한다는 '내 글 꼭꼭 병'인지도 모르겠다.

처음으로 누군가와 같은 글감으로 글을 쓰고 쓰자마자 서로에게 보여주며 6주를 보냈다. 시작하며 우리가 정한 규칙은 특별히 없었으나 한 가지는 확실했다. 무조건 칭찬하기, 좋은 말을 듬뿍 써주기였다. 대신 거짓말은 안 된다. 이건 나 혼자 덧붙인 규칙이다. 내가 아는 마손 작가는 없는 소리엔 재주가 없는 맑은 사람이라 구태여 말하지 않았다.

좋은 소리만 주고받는 것이 실력 향상에는 도움이 안 될지도 모른다. 칭찬은 글을 더 잘 쓰게 하는지는 몰라도 분명한 건 펜대를 춤추게 하고, 또 쓰고 싶게 한다. 그리고 꾸준히 쓰는 것은 아마 글을 조금이라도 더 잘 쓰게 하는 데 도움이 된다.

마손 작가의 따뜻한 댓글은 내 펜대와 손가락을 춤추게 했고, 몇 주가 흘러서는 '내 글 꼭꼭 병'이 있는 사람 맞는가 싶게 새로 쓴 글을 보여주고 싶어 안달 난 마음이 되기도 했다. 물론 다정한 말도 듣기 좋았지만, 글 뒤에 있는 나를 읽어주려 하는 그 마음이 곱고 고마웠다.

'내 글 꼭꼭 병'은 어쩌면 누구보다 나를 읽어주었으면 하는 마음이기에 아무래도 숨으려는 글은 언젠가는 읽히는 편이 좋겠다.

혹시 책장의 오랜 노트에, 휴대전화 메모장에, 섬 같은 메모지에 써둔 글이 가득한 이가 있다면 이 책의 빈 페이지에 그 마음을 잠시 내려놓을 수 있기를.

두 편대의 춤이 끝나고 또 다른 편대의 춤으로 이어지는 아름다운 장면을 상상해 본다.

마손 Maason

저도 글을 쓸 때면 누군가 읽어주기를 바라지만 막상 누군가에게 보이기가 쑥스러울 때가 많았어요. 특히나 에세이를 쓸 때면 나의 내밀한 속살을 적나라하게 드러내는 기분이요. 어쩌면 원래 친구였던 시경님과 단둘이 시작했기에 저도 기꺼이 즐겁게 글을 쓰고 보여줄 수 있었던 것 같습니다.
6주간 함께 해주셔서 감사합니다.
우리의 춤은 여기까지지만, 시경님의 글처럼 또 다른 이들에게도 우리의 흥이 전해지겠지요. 우리의 합, 꽤 괜찮았던 것 같아요.
진심으로 제가 정말 좋아하는 시경님의 글을 꼭꼭 숨겨두기만 하는 것은 너무 해요. 시경님을 닮은 단정하고 따뜻하고 세심한 글을 많은 사람들에게 꼭꼭 보여주기로 해요. 더 많은 사람들이 시경님의 글을 읽는 날이 오기를 응원할 거예요!

적어도 둘이라 좋아

마손

삶은 예상대로 흘러가는 법이 없다.

독립 출판의 세계에 발을 담그게 된 것은 갑작스러웠지만 예상은 했었다. 살면서 한 번쯤은 책을 내겠다고 생각을 하고 있었으니까 말이다.

그런데 내 오랜 친구와 함께 시작하게 된 것은 전혀 예상에 없던 일이다. 조금 더 생각해 보면 나는 어린 시절부터 친구의 글을 좋아했고, 내 주변에서 작가가 나온다면 당연히 그 친구일 거라고 생각했었으니, 어쩌면 우리가 같은 세계에 함께 발을 담그게 된 것은 당장의 예상엔 없었을지 몰라도 먼 우주의 계획 중 하나였을지도 모르겠다.

고등학생 때부터 혼자 영화관을 가고, 20대에는 홀로 여러 나라로 떠났지만, 새로운 세계에서 혼자 시작한다는 것은 참 쉽지 않은 일이었다. 그런 새로운 세계에서 아는 얼굴이 하나만 있어도 급격한 친밀감을 느낄 텐데, 이미 마음 나눈 친구가 있다는 것은 어마어마한 천군만마가 생긴 것과 다름없었다. 우연과 필연의 조화로 어쨌든 누구보다 든든하게 새로운 세계로 나아갈 수 있었다. 그렇게 시작된 독립 출판 작가의 삶이다.

샛별처럼 등장한 신예가 되는 거 아닌가 하는 분에 넘치는 예상과 달리 실제로는 날고 기는 멋쟁이들 틈에서 고군분투하며 이어지는 삶이었지만.

참 이상한 일이었다. 예상치 못한 연속된 두 번의 모객 실패로 인해 프로그램이 시작도 되지 못하고 사라졌을 때, 마음이 위축될 때 함께 하는 이가 있다는 것만으로도 구깃구깃 접힌 마음을 가볍게 탈탈 털어낼 수 있었다는 것이다. 함께 쓰면 좋을 글감을 고르고, 마음을 사로잡을 수 있는 단어를 고르고, 시작 그 이전부터 긴장된 마음을 고르며 준비했던 글쓰기 프로그램의 손님이 모이지 않아 사라지게 되었을 때, 누군가를 향한 부채감이나 나 자신에 대한 의심으로 얼룩지는 순간에 눌리지 않고 새로운 궁리를 떠올리며 숨을 고를 수 있었던 것은 순전히 옆에 있는 친구 덕분이라는 것은 의심할 여지가 없었다. 함께 겪는 실패라는 동질감을 넘어서 내밀한 속사정을 알아주는 상대가 있다는 사실이 주는 힘이었다.

6주간 글쓰기는 분명 혼자서도 할 수 있는 일이지만 혼자라면 사소한 결심이 되어 지금쯤 미미한 죄책감으로 흩어졌을 확률이 높다. 둘이라 서로를 응원했고, 둘이라 호흡을 함께 나눌 수 있었다. 셋이나 넷이어도 좋았겠지만, 지난 6주간은 적어도 둘이라 좋았다.

예상치 못한 삶의 요철은 마음이 통하는 나 말고 또 다른 누군가가 있다는 사실 하나로 뜻밖의 물살을 건너는 징검다리가 되었다. 적어도 혼자가 아니라 둘이기에, 적어도 둘이라 좋았다.

삶은 예상대로 흘러가는 법이 없다. 언젠가 어느 곳에서 이 책을 읽는 당신과 내가 함께하며 적어도 둘이라 좋다는 고백을 내뱉을지도 모를 일이다.

 시경 이시경

"후." 하고 짧은 숨을 내쉬었어요. 정말로 우리의 여정이 끝이 났구나 싶어서, 마손님은 마지막 글도 섬세하고 따뜻해서, 코끝이 시큰해집니다.
제가 담뿍 전해 받은 이 온기를 시작하는 이를 위해 빈 페이지에 담아 봅니다. 이 따뜻한 마음 잘 간직한 채, 우리 또 새로운 페이지를 써 나가봐요. 사각사각.

🖍 + 적어도 함께라 좋아

혼자서 또 둘이서 조금씩 적어 온 지난 6주를 돌아보며 글쓰기

함께 읽고 함께 적어요.
적어도 둘이서.

에필로그

<적어도 둘이라 좋아>는 작은 실패가 싹 틔운 책이다.

혼자 하는 실패는 나 홀로 이겨내면 그만인데 드러난 실패는 그 수습이 조금 성가시다. 부끄러움, 실망, 의욕 저하 같은 부정적인 감정이 번호표도 뽑지 않고 동시에 몰려든다. 실은 그렇게까지 낙담할 필요가 없음을 알기에 그깟 일로 주저앉은 내가 조금 꼴 보기 싫은 것까지 완벽한 마무리다.

그렇게 작아진 마음에 봄비가 내렸다. 함께 써보자는 말, 그 한마디의 봄비가 또 내린다.

기대가 실망으로 바뀐 지난 경험은 새로운 기대에 전혀 영향을 미치지 못했다. 우리는 또 두근대고야 만다. 두근거리고, 다시 쓰고, 펜대만 도르르 굴리고, 함께 웃고, 고민하며 연초를 보냈다.

그 시간에서 기대가 부서지면 오히려 마음의 면적이 커지고 새로운 각도에서 볼 수 있음을 배웠다.

성공하고 실패하는 모든 일이 나의 알량한 기준일뿐. 중요한 것은 그저 시도하고, 배우고, 고쳐나가고, 때로는 나를 치켜세워주며 너무 깊이 낙담하지 않는 것.

발을 헛디뎌 이미 수렁에 빠졌다면 조금의 틈을 열어두고 거기서 뭐 하냐고 손을 내밀어주는 고마운 이를 만나기. 마주 보고 앉아 따뜻한 밥을 먹다 보면 그제야 내가 해야 할 일이 떠오를 것이다.

느지막이 집에 돌아온 이는, 책상 앞에 앉아 연필을 돌돌 깎아 다시금 사각사각 써 내려가기 시작한다.

홀로 적어도 글은 늘 나란히 둘이라 좋았고, 아무리 적어도 둘이 함께할 수 있어 좋았다. 그리고 나란한 글 옆에 빈 여백을 둘 수 있어 좋았다.

적어도 둘이라 좋아

초판 1쇄 2025년 03월 31일
ISBN 979-11-991177-3-0 (03810)

지은이 이시경 · 마손
편집 이시경 · 마손
디자인 마손
이메일 8reen6lue@naver.com · maason88@gmail.com
인스타그램

8REEN6LUE   UMMAASONN

*저희의 다음 소식이 궁금하다면 QR로 확인해보세요!

*이 책은 피스카인드홈의 글쓰기 모임 '조금 적어도 좋아'의 포맷
일부를 빌려 쓰여졌습니다. 감사합니다.